今天如何读经典

刘 勇 李春雨◎主编

扶轮问路

今天如何读史铁生

乔宇 著

中国人民大学出版社

·北京·

引 言

史铁生是当代文坛一位独特的作家，他经历过“上山下乡”的特殊年代，在20世纪80年代成名，双腿残疾后转而进行文学创作，一生创作了众多的小说、散文、随笔、诗歌等多种体裁的作品。史铁生也是文坛最杰出的思想者之一，尽管身有残疾，但比很多健全人都要想得深、看得远。命运的无常和生存的焦虑触发了他深邃的思考，对生命奥秘的执着追问一直是他创作的主要动力。他始终以人道主义的眼光，展现对人本困境等终极问题的思考。他以文学家的热情、思想者的严谨，开拓出自己的精神救赎之路，其作品对文学史及当下中国有重要的现实意义。

作为个人来讲，史铁生是不幸的，他的一生有三分之二的时光是在轮椅上度过的。但作为作家来讲，他又是幸运的，他的文字被无数的读者所喜爱，他的精神激励了一代又一代人。病痛夺去了他的双腿，残疾让他一次次地渴望死亡，幸运的是，死神却也一次次地绕开了他，让他成了那个在墙上开窗的人。他饱尝了命运的苦酒，却为读者奉上一杯杯文学的佳酿。

对于大多数人来说，生命中的苦难不及史铁生的万分之一，人生的际遇也比史铁生幸运得多。然而，没有相同经历就不能再对话了吗？自然不是。世事无常，祸福相倚，在人生的路途上，难免会有迷茫和失落。而史铁生，就如那一盏灯、一颗星、一束光，为夜色中赶路的人照亮前行的路。读史铁生的作品，能够增强人们的苦难意识、生命意识、忧患意识；能够忆苦思甜，不断地提醒人们珍惜现有的幸福，珍惜亲情、友情与爱情；能够使人们居安思危，深切感受到人生的无常和命运的残酷，从而激发人们的热情，去探寻生命的价值。这些对于如今生活在幸福之中的我们是至关重要的。在市声纷杂的今日，重读史铁生是非常必要的。与史铁生对话，就是与我们自己对话、与生命对话、与人生对话，这也是今天我们再读史铁生的意义所在。

铁凝说："史铁生是一个真正有信仰的作家，他的精神品格和他的文学创造，是中国当代文学理应珍视的宝贵财富。"莫言说："中国作协即使只养着一个人，也该是史铁生。"今天，让我们再度走近史铁生，透过他温暖的文字，触摸他动人的灵魂……

目录

第一章

『我在史铁生中醒来』

导读

在史铁生小说《我的丁一之旅》的结尾，写着一句令人费解的话——“我在史铁生中醒来。”“我”是谁？难道不是“史铁生”自己吗？他们两者之间又有怎样的关系呢？答案恐怕只能从史铁生的文字当中去找寻了，本章将带你一起探寻。

传说，位于古希腊德尔菲城阿波罗神庙的门楣上，刻有三句醒世神谕，其中最广为人知的一句是："人啊，认识你自己。"古往今来，这句话被无数先贤哲人解读和运用。古希腊哲学家苏格拉底一生都将这句话看作自己的座右铭，认为它包罗万象的意境中蕴含着无比玄妙的哲理。的确，人最难认识的是自己。你真的了解你自己吗？可能大多数人都无法给出确切的答案。

我是谁？我从哪儿来？我要到哪里去？这三个问题被看作哲学的基本问题，也几乎是始终贯穿史铁生作品的主题。史铁生写下了许多有关人生之谜和生命意义的文字，可以说，他的一生始终都在追问这三个问题的答案。为什么史铁生的作品多次涉及这样的主题？恐怕与史铁生对于人和命运的看法有关。史铁生是如何认识人自己的呢？文学是人学，要想读懂一个作家，首先要了解他的经历。让我们一起走进史铁生，走进他的文学世界，去寻找谜底吧。

德尔菲神庙的醒世箴言

德尔菲神庙位于希腊帕那索斯深山里，距离雅典150千米，是世界闻名的古迹。相传，宙斯从地球两极放出两只神鹰，相向而飞，在德尔菲相会，于是宙斯认为这里是地球的中心，并放置了圆石作为标记，至今仍有遗迹可寻。后来，此地就被希腊人称作“地球的肚脐”。这座神庙气势恢宏，周围风景秀丽，再加上其神圣的意义，因此其往往被视作希腊统一的象征，在古希腊社会占有重要的地位，自公元前6世纪以来就是古希腊的宗教中心。德尔菲神庙的门楣上刻有三句碑文：“人啊，认识你自己”“凡事勿过度”“承诺带来痛苦”。这三句话后来被奉为“德尔菲神谕”，在很长一段时间内，成为希腊人的精神支柱，帮助他们克服灾害、战争等所造成的严重困难。

出生，不过只是一个传说

1951年1月4日，那是一个大雪纷飞的日子，罕见的大雪下了整整一天一夜，漫天的雪花如棉絮一般纷纷落下，所见之处皆是白色的海洋。道路被厚厚的积雪覆盖着，街上行人稀少。昏黄的灯光下，行色匆匆的人们在大雪中裹紧外套，顶着寒风，艰难地赶路。这是一个平凡又宁静的夜晚，也是一个略微特殊的夜晚。日后在当代文坛深情讲述着“我与地坛”故事的作家，就是在这样一个夜晚降临人世。天渐渐露出了鱼肚白，窗户也有了光亮，北京市道济医院妇科的产房里灯火通明，医生护士们正有条不紊地忙碌着，共同迎接一个新生命的到来。凌晨5时57分，产房里突然响起了一阵婴儿的哭声，哭声的主人是个黑瘦黑瘦的男娃，此刻刚刚被护士们清洗干净，递到了母亲的怀里。

等在门外的家人们终于松了一口气，感谢老天保佑，母子平安。孩子的奶奶是个小脚的老太太，抑制不住内心的兴奋与激动，她悄悄地抹了抹眼泪，挪动了下雪地里的双脚，搓了搓冻得通红的手，抱紧拿在手中的铺盖，脸上露出了笑容。北京的冬天可真冷啊，寒风刺骨，然而，尽管天气严寒，但对老人来讲这却是一个美好的夜晚——她的又一个孙子出生了。

家人给这个孩子取了一个相当硬气的名字——“史铁生”。起名字可是人生大事，容不得马虎，这个名字还是特地算来的。在这一年出生的史家男孩儿名字当中都有一个“铁”字，据说是家中一位略懂阴阳的亲戚算得这一年五行缺铁，所以索性史家这一辈男性的名字中都跟着有了一个“铁”字。“铁”，一种浑然未炼之物，坚硬、纯粹，给人刚毅之感。而“生”，则寓意生命、生长、生存，铿锵有力，却也接地气。人如其名，这个刚出生的孩子长得的确很“坚毅”。刚开始，母亲还为生了这样一个一层黑皮包着骨头的男娃伤心了许久，因为这个“丑东西”实在是太丑了：黝黑的皮肤微微泛红，眼睛小小的，瘦骨嶙峋，紧紧地蜷缩在包裹里，一点儿也没有遗传自己的美貌。那个时候，母亲还很年轻，高鼻梁、大眼睛，长得相当漂亮。自己生的娃，再丑也不能嫌弃，难看归难看，对他的爱却没有减少半分。后来，直到这个丑孩子渐渐“长得像回事儿了”，母亲的脸上才逐渐露出了笑容。不过，对于这段“黑历史”，母亲自然是闭口不提。或许是冥冥之中有什么因果联系，“史铁生”这个被家人赋予了殷切希望的名字与他日后的人生经历倒是很贴近。多年以后，他这样写道：“堂兄弟们现在都活得健康，唯我七病八歪终于还是缺铁，每日口服针注，勉强保持住铁的入耗平衡。好在'铁'之后父母还为我选择了'生'字，当初一定也未经意，现在看看倒像是我屡病不死的保佑。"①

一个人，出生了，就是一个无可辩驳的事实。什么是人？什么是生？传说中的俄狄浦斯给出了斯芬克斯答案，却也没有真正解开"斯芬克斯之谜"。千百年来，人是什么，仍然是一个严峻的难题。对于出生，史铁生有着自己的理解。对他而言，"生"是一个相当神圣的词，也是一个神秘的词，"生"是值得敬畏的，如何更好地"生"是他一生都在追寻的话题；"生"也是一个令人怀疑的词，究竟什么才是"生"，人是否真的有"生"，出生之前人又在哪里？"生"究竟意味着真实存在还是道听途说？也始终是他纠结于心的谜团。从史铁生的文字里，我们不难发现，他对于"生"有着近乎狂热的探究欲，那些关于出生、关于生日、关于存在的文字，实质上都是史铁生对于人存在的原初性问题的一种解读与探寻。

① 史铁生．病隙碎笔 2// 史铁生作品全编：第 8 卷．北京：人民文学出版社，2017：39-40.

斯芬克斯之谜的传说

在希腊神话中，有这样一个故事：巨人堤丰和蛇妖有一个女儿叫斯芬克斯，她有着绝美的容颜，但长着狮子的身体，还生了一双鸟的翅膀。她喜欢蹲在悬崖边上，拦住过路之人猜谜，猜出的就放行，猜不出的就要被她吃掉，就连国王的儿子也不例外。忒拜城里人人自危，生怕被这头怪兽撕得粉碎。这时，底比斯国王拉伊俄斯的儿子俄狄浦斯恰巧路过此地，他勇敢地接受了挑战。斯芬克斯给出的谜语是：

莫罗油画《俄狄浦斯和斯芬克斯》

“什么东西清晨用四条腿走路，中午用两条腿，傍晚则用三条腿？”俄狄浦斯回答：“答案是人。刚出生的时候，人用手脚爬着走；长大后，用两条腿行走；年老时，则要借助拐杖。”斯芬克斯听后，羞愤地跳下了悬崖。忒拜城的危机解除，俄狄浦斯成为了新的国王。

法国画家古斯塔夫·莫罗的油画名作《俄狄浦斯和斯芬克斯》描绘的就是这个故事。画面中，人面狮身的斯芬克斯被刻画得相当生动：充满了野性味道的兽身矫健张扬，攀在俄狄浦斯身上蠢蠢欲动，张开的双翅迸发着凶残的气息，那张少女般美丽却面无表情的脸暗示了斯芬克斯的狡黠和冷酷。俄狄浦斯手持兵器，目光坚定。整个画面充满了张力，充分显示出画家的细腻与大胆。

在小说《务虚笔记》中，史铁生这样写道："我出生于一九五一年一月四日。这是一个传说，不过是一个传说。是我从奶奶那儿，从母亲和父亲那儿，听来的一个传说。"[①]出生对他而言，并非自身见证，而是从别处听来的一个故事，其真实性不得而知。"一九五一年一月四日对我来说是一片空白，是零，是完全的虚无，是我从虚无中醒来听到的一个传说，对于我甚至就像一个谣言。"[②]在史铁生的观念里，出生不过是一个传说，是一个从别人口中听来的传说。在他看来，出生只是一

① 史铁生．务虚笔记//史铁生作品全编：第1卷．北京：人民文学出版社，2017：5.

② 同①6.

个瞬间的事实，并没有什么实际意义。从文字中不难看出，史铁生对于自己的存在有着深深的怀疑。“我”对“我”自己何时来到人间没有一点印象，甚至怀疑“我”是不是真的是在出生的那个时候才来到这个世界？在出生之前，“我”在哪里？出生之后，“我”就真的存在了吗？那么，“我”死之后又会去哪里呢？这都是萦绕于心的疑惑。从出生后，我们会不断地被周围人告知：“我”的生日是某年某月。在出生之前，这个世界已经存在了亿万年，甚至久远到无法说出确切的时间。在我们死之后，这个世界还会天荒地老地存在下去。对于这个世界来讲，人只不过是茫茫宇宙中的一粒尘埃，如蜉蝣一般朝生暮死，在宇宙亿万年的运转中留下自己的匆匆一瞥。从科学的角度来讲，人类能够凭借自己的智慧推测出宇宙爆发的时间、生命起源的规律，也能够用医学的眼光判定出人究竟是活着还是已经死亡。但是，却没有人能够说得出人死后的世界是什么样。用史铁生自己的话来讲，死人不告诉我们，活着的人都是瞎说。对于身后世界的好奇，对于存在真实性的追问，是史铁生始终思考的问题。

“生命的开端最是玄妙，完全的无中生有。好没影儿的忽然你就进入了一种情况，一种情况又引出另一种情况，

史铁生

顺理成章天衣无缝，一来二去便连接出一个现实世界。”[1]之前的人生是空白的，突然有一天就有了续篇，在史铁生眼里，这是荒谬的。在没有记忆之前，一切都不过是道听途说。而有了记忆之后，人的一生才真正开始，“一个真实的世界才开始提供凭证”[2]。关于“我”是谁这一谜题逐渐有了答案，童年的记忆也由此开启。在《轻轻地走与轻轻地来》中，史铁生这样描写自己最初的记忆：

① 史铁生．轻轻地走与轻轻地来//史铁生作品全编：第8卷．北京：人民文学出版社，2017：167.

② 同①169.

对我而言，开端，是北京的一个普通四合院。我站在炕上，扶着窗台，透过玻璃看它。屋里有些昏暗，窗外阳光明媚。近处是一排绿油油的榆树矮墙，越过榆树矮墙远处有两棵大枣树，枣树枯黑的枝条镶嵌进蓝天，枣树下是四周静静的窗廊。——与世界最初的相见就是这样，简单，但印象深刻。复杂的世界尚在远方，或者，它就蹲在那安恬的四周窃笑，看一个幼稚的生命慢慢睁开眼睛，萌生着欲望。①

睁开迷蒙的眼睛，迈着蹒跚的脚步，世界第一次在记忆中有了备份。太阳是那么温暖，花香在风中飘荡，蝴蝶或者蜜蜂在身旁围绕着，青石板散发出迷人的泥土味，西番莲开着硕大的花儿，一切都是那么祥和。感知即存在，第一次接触世界，史铁生的内心荡漾着惊奇。尤其是天上每每发出的声音，让史铁生心驰神往。或许是风声、铃声，也有可能是歌声。不知是否和出生于基督教教会医院有关，史铁生从小便和教堂的一切有种莫名的亲近感。每当听到教堂的钟声响起，他就立马能安静下来，出神地听着，仿佛在听着天使的召唤，也不知道究竟是什么吸引了他。在散文《消逝的钟声》中，史铁生回忆了自己小时候第一次见到教堂的场景，那个时候他还很小，

① 史铁生．轻轻地走与轻轻地来 // 史铁生作品全编：第 8 卷．北京：人民文学出版社，2017：168.

刚会走路不久：

我跟着奶奶进了一座拱门，穿过长廊，走进一间宽大的房子。那儿有很多孩子，他们坐在高大的桌子后面只能露出脸。他们在唱歌。一个穿长袍的大胡子老头儿弹响风琴，琴声飘荡，满屋子里的阳光好像也随之飞扬起来。奶奶拉着我退出去，退到门口。唱歌的孩子里面有我的堂兄，他看见了我们但不走过来，唯努力地唱歌。那样的琴声和歌声我从未听过，宁静又欢欣，一排排古旧的桌椅、沉暗的墙壁、高阔的屋顶也似都活泼起来，与窗外的晴空和树林连成一气。那一刻的感受我终生难忘，仿佛有一股温柔又强劲的风吹透了我的身体，一下子钻进我的心中。后来奶奶常对别人说："琴声一响，这孩子就傻了似的不哭也不闹了。"我多么羡慕我的堂兄，羡慕所有那些孩子，羡慕那一刻的光线与声音，有形与无形。我呆呆地站着，徒然地睁大眼睛，其实不能听也不能看了，有个懵懂的东西第一次被惊动了——那也许就是灵魂吧。[1]

这样的场景非常耐人寻味，与宗教的这种与生俱来的亲近感深深影响了史铁生的创作，"这时候，晚祷的钟声敲响了——

[1] 史铁生．消逝的钟声 // 史铁生作品全编：第8卷．北京：人民文学出版社，2017：173.

唔，就是这声音，就是他！这就是我曾听到过的那种缥缥缈缈响在天空里的声音啊！”[①]“这时我才知道，我一来到世上就听到的那种声音就是这教堂的钟声，就是从那尖顶下发出的。暮色浓重了，钟楼的尖顶上已经没有了阳光。风过树林，带走了麻雀和灰喜鹊的欢叫。钟声沉稳、悠扬、飘飘荡荡，连接起晚霞与初月，扩展到天的深处，或地的尽头……”[②]类似的场景在他的作品中也反复出现，那唱诗班的儿童、神秘的琴声也成为他反复书写的对象，教堂肃穆的钟声给了他灵魂的洗礼和震撼。对于宗教的敬畏和向往在他幼年时期就已经发酵，在日后的经验中不断强化。出生没有给他留下深刻的印象，他却在教堂的钟声中睁开了眼睛。在对世界懵懂的认知中，在与教堂的相遇中，他第一次真正醒来。

【经典品读】

我　在

我在里面想：我是什么
我是我里面的想。我便
飞出我，一次次飞出在

---

①② 史铁生．消逝的钟声//史铁生作品全编：第8卷．北京：人民文学出版社，2017：174.

别人的外面想：他是什么？

这样的事正在发生
想它时，都成为过去。
这样的事还将发生
想它时，便构成现在。

我仰望一团死去的星云
亿万年前的葬礼，便在
当下举行。于是我听见
未来的，一次次创生。

一次次创生我里面的想
飞出我，创生他外面的问。
一九五一年便下起一九五七年的雪
往日和未来，都刮着今日的风。

（史铁生．我在//史铁生作品全编：第9卷．北京：人民文学出版社，2017：255.）

幸福与忧虑并存的童年

童年，是人生的奠基时期。如果说生命是一架照相机，那么童年就是相片的底版。童年的经历在人的一生中留下了不可磨灭的印记，童年记忆是作家人生体验当中非常重要的组成部分，童年记忆在无形中为作家提供了丰富的创作资源，许多作家都对童年记忆对于创作的重要性做过阐述。文艺理论家童庆炳认为，“童年的痛苦体验对于艺术家的影响是深刻的、内在的，他造就了艺术家的心理结构和意向结构，艺术家一生的体验都要经过这个结构的过滤、折光，因此即使不是直接表现，也常常会作为一种基调渗透在作品中”①。

史铁生的童年可以说是喜忧参半的。他既享受过这个世上最纯真的爱，也见证了人间最原始的恶。相比日后人生道路的波谲云诡，史铁生的童年生活虽平淡又普通，却也并无风浪。他出生在一个工人家庭。父亲史耀琛是北京林业大学林学系毕

---

① 童庆炳，程正民．文艺心理学教程．北京：高等教育出版社，2001：96.

业的高才生，毕业后分配到了林业部工作，“文革”时期曾被下放到云南，回到北京后改行到了眼镜厂当工人。母亲则是一个平凡的劳动妇女，性格温柔，天性浪漫，喜欢读书。父母一辈算是普普通通。相比起来，史铁生祖父和外祖父那一辈则要坎坷得多。史铁生的姥爷和奶奶都因为成分不好被批斗过。他的姥爷出任过国民党在涿县的党部书记，在家乡的县志里，还能找到几篇记载姥爷事迹的文字。这位热心公益的老人不仅在抗战中立下过功劳，还为家乡筹办了夜校和幼儿园；只可惜成分不好，结局比较凄凉，在上个世纪50年代的镇反运动中被枪决示众。家人也因此受到连累。史铁生的印象中是没有多少关于姥爷的记忆的，对他来讲，姥爷更多的是一个“人形空白”。在《一个人形空白》中，史铁生撰文回忆道：

“姥爷”这个词，留下来的不是故事，而是一个隐匿的故事，是我从童年到少年一直到青年的所有惧怕。我记得我从小就蹲在那片虚缈、飘动的人形空白下面，不敢抬头张望。所有童年的游戏里面都有它的阴影，所有的睡梦里都有它的嚣叫。我记得我一懂事便走在它的恐怖之中，所有少年的期待里面都有它在闪动，所有的憧憬之中都有它黑色的翅膀在扑打。阳光里总似潜伏着凄哀，晚风中总似飘荡着它的沉郁，飘荡着姥姥的心惊胆战，母亲的噤若寒蝉，奶奶和父亲的顾左右而言

他，二姥姥不知所归的颤抖，乃至幼儿园里那两个老太太的慌张……[①]

姥姥则是位典型的旧社会女性，裹着小脚，常年住在涿州老家，偶尔会到北京来。她的针线活很棒，虽然不识字，但是脑子里却充满了各种各样的鬼神故事，每次一来，她总能一边盘着腿干活，一边滔滔不绝地给史铁生讲故事。姥姥讲的各种妖魔鬼怪，在史铁生幼小的心灵里埋下了神奇的种子。对于姥爷和姥姥，史铁生的印象都不是很深刻。

史铁生和奶奶的关系则要亲密得多。小时候，父母工作比较繁忙，有的时候也不常在家，史铁生就和奶奶待在一起，他的童年大部分时光是和奶奶一起度过的，奶奶一手将他带大，祖孙俩感情很深。然而，奶奶的地主成分曾经是压在他心底的一个难以言说的秘密。奶奶是穷苦人家的孩子，全家靠经营小本生意度日，父母把她嫁进了大地主老史家，本指望能过上好日子，没想到却跟着倒了霉。史铁生的爷爷很早就过世了，年轻守寡的奶奶在婆家并没有什么地位，所生的五男一女夭折了三个，还被扣上了地主的帽子。奶奶一生都想摘掉地主的帽子，积极改造。在一次偶然的机会中，史铁生得知深爱的奶奶

① 史铁生．一个人形空白 // 史铁生作品全编：第 8 卷．北京：人民文学出版社，2017：187-188.

竟然也是劳改地主，心里完全接受不了，他不敢相信，生怕别人知道后孤立他。他怀揣着这个秘密，表面上却表现得淡定，“班里又有人被揭露出隐瞒了罪恶出身，我脸上竭力表现着愤怒，心里却暗暗地发抖”[①]。他甚至开始在行动上疏远了奶奶，再也不把头埋在奶奶怀里睡了。奶奶逐渐老去，却一直在拼命改造。他目睹了奶奶糊纸、补花、扫大街、值夜、在油灯下认字、独自回乡下避难的场景，直到奶奶摘掉了帽子，这个压在心头的大石头才实质落地。扭曲的时代荒芜了人性，不敢清醒的良心恰恰埋藏着孤独，尽管是血肉至亲，但那横亘在两者之间的阶级成分造就了太多的遗憾，史铁生的童年便是在这种蒙昧、纠结与担忧中度过。多年以后，他始终在悔恨当年的行为，“我的良心仍不敢醒。但那孱弱的良心，昏然地能够看见奶奶独自走在乡间小路上的样子”[②]。而这些，都是他对于逝去美好的深情回望，也定格成他永生的思念和悔痛。

相对于日后人生的苦难，史铁生的童年是幸福的。亲人的呵护，玩伴的陪伴，老师的喜爱，都是值得留恋的美好回忆。然而，成长于特殊年代，环境的特殊让他见证了众多本不该有的黑暗。忧虑，也是史铁生童年时光的底色。史铁生的童年是

① 史铁生．小恒//史铁生作品全编：第8卷．北京：人民文学出版社，2017：249-250.

② 同① 253.

苦乐交织的。他是一个既敏感又有点怯懦的孩子，记事早，有着超乎年龄的观察力，较早地感受到了人与人之间的差别。他在自己的文章中不止一次提到过童年的一些可怕的事件，比如幼儿园里荒唐的叛徒游戏。他曾写道："五岁或者六岁，我已经见到了人间这一种最无助的处境"[①]，玩伴们孤立所谓的"叛徒"，"叛徒一旦被捉回，就由两个人押着，倒背双手'游街示众'，一路被人揪头发、拧耳朵。天知道为什么这惩罚竟至比'骑马打仗'本身更具诱惑了，到后来，无须'骑马打仗'，直接就玩起这惩罚的游戏。可谁是被惩罚者呢？便涌现出一两个头领，由他们说了算，他们说谁是叛徒谁就是叛徒，谁是叛徒谁当然就要受到惩罚"[②]。这样的游戏在史铁生幼小的心灵里留下了挥之不去的阴影。还有一个"坏孩子"经常出现在史铁生的童年记忆里。在回忆性散文《故乡的胡同》中，他写道："我的第一个校园就是往日的寺庙，庙院里松柏森森。那儿有个可怕的孩子，他有一种至今令我惊诧不解的能力，同学们都怕他，他说他第一跟谁好谁就会受宠若惊，说他最后跟谁好谁就会忧心忡忡，说他不跟谁好了谁就像被判离群的鸟儿。因为他，我学会了谄媚和防备，看见了孤独。成年以后，我仍

---

① 史铁生．我的幼儿园 // 史铁生作品全编：第 8 卷．北京：人民文学出版社，2017：177.

② 同① 176.

能处处见出他的影子。"[①]童年时代的记忆在史铁生的脑海里生根发芽，直接促成了他作品中"可怕的孩子""叛徒"这两大意象的生成。这两个意象是史铁生意象系统中非常重要的核心意象。

除了自己的秘密，史铁生也见证了不少别人的不幸。在散文集《记忆与印象》中，史铁生深情地回忆了儿时的玩伴八子、小恒、珊珊等人，这些人物后来均成为他小说创作中的人物原型。这些玩伴的经历在他的脑海里挥之不去，逐渐内化为他的素材。小恒曾经是史铁生的小跟班儿，他贪玩儿，爱打听八卦，革命热情很高。多年以后，史铁生的眼前还能浮现出"苍茫的天幕下走着的小恒，前面不远，是小恒妈踽踽而行的背影"[②]，"小恒紧走几步，追上母亲，母亲一如既往地搂住他弱小且瑟缩的肩膀。荒风落日，旷野无声。"[③]珊珊出自单亲家庭，常常遭受继母虐待。有一次，喜爱跳舞的她满心欢喜要在学校开学时表演一段舞蹈，不料在熨演出服时熨坏了家里的床单，她吓得迟迟不敢回家，最终还是被继母发现，遭到了毒打。史铁生在学校的操场上找到她时，她正忧伤地穿着那件白

① 史铁生．故乡的胡同//史铁生作品全编：第6卷．北京：人民文学出版社，2017：245.

②③ 史铁生．小恒//史铁生作品全编：第8卷．北京：人民文学出版社，2017：253.

裙在月光下跳舞，仿佛在和舞台告别。这件事给史铁生留下了很深刻的印象，“在我永远的童年里，那个名叫珊珊的女孩一直都在跳舞。那件雪白的连衣裙已经熨好了，雪白的珊珊所以能够飘转进明亮，飘转进幽暗，飘转进遍地树影或是满天星光……这一段童年似乎永远都不会长大，因为不管何年何月，这世上总是有着无处可去的童年”[①]。

史铁生在《我之舞》中写道：“你长大了，世界就变了。从一只摇篮一片光影，变成小床上的木栏和玻璃外面一只嗡嗡叫的金壳虫；从一道又高又长又难迈过去的门槛，变成一片又深又密几乎迷失在其中的花丛；从一只木马变成一排课桌，变成一面旗帜，变成一张地图，有山岭、沙漠和平原，有大陆、岛屿、海洋，有七个洲在一个椭圆的球体上昼夜旋转运行，却仍不过是浩瀚宇宙间一粒尘埃。你长大了，世界对你来说就变了。”[②]世界变得不光只有美好了，随之而来的，还有欺骗、背叛、恐惧和欲望，这就是成长的代价。这一次，他从现实中醒来。

---

① 史铁生．珊珊//史铁生作品全编：第8卷．北京：人民文学出版社，2017：246.

② 史铁生．我之舞//史铁生作品全编：第4卷．北京：人民文学出版社，2017：171.

“写作之夜”的降临

如果说出生意味着开始，成长意味着启蒙的话，那么，走上文学之路，应当算是史铁生人生中的又一次重要转折。在文学中，他看到了人生的另外一种可能性，更加坚定了自己对于存在的看法。在文学中，他真正醒来。对史铁生来说，走上文学之路既是一种偶然，也是一种必然。文学，既是心灵的净化剂，又是精神的兴奋剂。在文学的乌托邦里，他实现了自己的价值。那么，史铁生是如何走上文学之路的呢?

故事要从1971年说起。那个时候，史铁生正在陕北插队，他本身就有腰腿疼的毛病，乡下条件艰苦，经常受冻受寒，再加上暴风雨、山洪的肆虐，引发了他的旧疾，令他疼痛难忍，站立和行走都比较困难。9月份的时候，几经辗转，他转回北京救治。1972年1月5日，在父亲的搀扶下，他第一次走进了北京市友谊医院神经内科的病房。他心里暗暗对自己说，

“要么好，要么死，一定不再这样走出来”[①]。经过检查，医生给出的结论是“多发性脊髓硬化症”，通俗点说，瘫痪或者失明都有可能。几个月后，病情加重，他已然无法下床。在人生最美的年华，史铁生却再也站不起来。一向要强的他脾气越来越暴躁，不多说话，也拒绝别人的帮助，把自己锁在屋子里。他把床单撕成一条一条的，将送来的食物一下子扔向屋顶，然后就是一天的沉默。有同学想送他一个半导体解闷，他闷闷不乐地拒绝了，“我已半倒体，无需君相赠”。这样的日子不知何时是头。躺在医院的病床上，这颗骄傲倔强的心开始谋划着如何去死。然而，死，并不是那么容易的，死神似乎也抛弃了这个不幸的孩子。来看他的朋友们络绎不绝，从远方寄来的信源源不断地递到了他的手中，亲人和朋友的关怀让他感受到了前所未有的温暖，用他的话说，“二十一岁末尾，双腿彻底背叛了我，我没死，全靠着友谊”[②]。最让史铁生受启发的，还是一次看卓别林的电影。在《城市之光》中，卓别林扮演的角色救了一个想要轻生的女人，女人大喊着：“干吗要救我？为什么不让我去死？！”卓别林淡定地回答说：“着什么急，迟早会死的。”这句话让史铁生茅塞

① 史铁生．我二十一岁那年 // 史铁生作品全编：第 6 卷．北京：人民文学出版社，2017：73.

② 同① 79.

顿开。渐渐地，他打消了死的念头。医生和护士们对这个爱看书的孩子也格外照顾，给他安排了一个临窗又人少的加号病房。每天上午无事的时候，史铁生就坐在窗前安安静静地看书：

有那么一阵子我暂时忽略了死神。朋友们来了，带书来，带外面的消息来，带安慰和欢乐来，带新朋友来，新朋友又带新的朋友来，然后都成了老朋友。以后的多少年里，友谊一直就这样在我身边扩展，在我心里深厚。把加号的门关紧，我们自由地嬉笑怒骂，毫无顾忌地议论世界上所有的事，高兴了还可以轻声地唱点儿什么——陕北民歌，或插队知青自己的歌。晚上朋友们走了，在小台灯幽寂而又喧嚣的光线里，我开始想写点儿什么，那便是我创作欲望最初的萌生。[①]

上帝和史铁生开了一个巨大的玩笑，在无数次地祈祷无望之后，医生建议他回家休养。朋友们七手八脚抬着史铁生出医院的时候，他既没有好，也没有死，却再也不能走。自他生病后，家中的氛围立刻变得沉闷起来。出院后，他花了很长时间才接受自己瘫痪的现实。两腿刚残废的那会儿，找工作，自然

① 史铁生．我二十一岁那年//史铁生作品全编：第6卷．北京：人民文学出版社，2017：79-80.

处处碰壁，更不用说恋爱或其他了。“我是残疾人，但不是废人”，史铁生多么想大声喊出这句话。然而，病痛的折磨、人们歧视的眼光、现实的冷漠都让史铁生心灰意冷，再加上找不到工作，没有经济来源，无疑令这个本来就不富裕的家庭雪上加霜。日子，总要过下去。好在周围的邻居和朋友们都不错，给了史铁生很多帮助和鼓励。后来，他找到了一份在街道生产组做工的临时活儿，具体是负责在仿古家具上画山水花鸟，一个月能挣15块钱。在那里，他一干就是7年。身体的残疾禁锢了他的生活，却没有禁锢他的大脑。

每天，史铁生摇着轮椅去上班，工作之余，就看书，顺便尝试着写点儿东西，借此去寻找宣泄的出口。写作成了史铁生自我疗伤和救赎的工具，有时候还能收到稿费，对他来说，的确是件一举两得的好事情。“写作对于史铁生而言，还是对以往生命记忆的召唤，它源自作家内心深处对生命永恒的幻想和幻想破灭之后的悲哀。”[①]往事已经成为过去时，不可重来，但记忆却可以无限复制，甚至进行艺术的加工和变形。那些曾经的时光，在史铁生的脑海里生根发芽，并且与不断增加的阅读体验相互碰撞，产生新的创作灵感。“人总是在幻想世界里，寻找自己在现实世界中缺失的东西。”[②]苦难的人生经历激发了

① 叶立文．史铁生评传．郑州：河南文艺出版社，2018：197.

② 叶舒宪．文学与治疗．西安：陕西师范大学出版社，2018：141.

史铁生强烈的补偿心理。在写作中，他渐渐找到了情感的宣泄处，将心头的愤懑诉诸笔端。病痛局限了他的身体，促使他走上了文学之路。

史铁生在21岁时不能下地，在人生最美好的时刻身患重病，一生与轮椅为伴。对他来讲，年少时期能跑能跳的日子是他一生中最美好的时光。他的好友孙立哲回忆道："史铁生几乎喜欢所有的体育运动，乒乓球、羽毛球、排球、篮球都能上手。我的记忆中保留着他在宿舍后面篮球场上带球上篮的样子：虚晃一下身体，拍球过人，跳起来转身侧手投篮。虽然弹跳不高，姿势蹩脚，但投篮命中率挺高。铁生说他第一喜欢田径，第二喜欢足球，第三才是文学。"[①]年少时期的史铁生是班里的运动健将，每逢校运会的时候，总能看到他上场的身影。他对体育的热爱持续了一生。对于这样一个爱好体育的人来说，残疾无疑剥夺了他人生中很大的乐趣与骄傲。"对体育的痴迷，还暗含着史铁生对于自由的向往"[②]，"当他双腿残疾之后，仍难忘记足球给他带来的无限欢乐，这可不就是说明那颗永恒的行魂，尽管栖息于近乎荒废的史铁生之所，却依然不改初衷，寻寻觅觅着有限生命的无限自由"[③]。史铁生多次在文章

① 孙立哲．想念史铁生//生命——民间记忆史铁生．北京：中国对外翻译出版有限公司，2012：15.

②③ 叶立文．史铁生评传．郑州：河南文艺出版社，2018：38.

中写到自己对奔跑、对生命原始力量的向往。在病痛折磨下，他的行事作风越来越沉静，创作风格也越来越沉郁，“他几乎是在小心翼翼地使用着自己之前所攒下的精力”①。

1979年，史铁生发表了人生中第一篇小说《法学教授及其夫人》，此后又陆续发表中、短篇小说多篇，其中，《爱情的命运》《没有阳光的角落》《午餐半小时》《在一个冬天的晚上》等作品都是他生活的真实写照，在文章中，我们或多或少能看到他的影子。1981年，他发表了第一篇怀人散文《秋天的怀念》，怀念自己的母亲。母亲的死对他的打击很大，他意识到自己的痛苦在亲人那里是加倍的，以前的他太狭隘了。这一次，他终于不再纠结生死。在这篇文章中，史铁生第一次正面表达了生的愿望：为了母亲的夙愿，活下去。史铁生开始慢慢接受自己。他怀念自己的过去，怀念21岁以前的人生，回忆自己是如何一步步走进这人生的深渊。1983年，他发表了知青题材小说《我的遥远的清平湾》，引起了文坛关注；1985年又创作了《插队的故事》。这两部小说以平淡悠远的笔调，讲述了在延安的插队生活。现实生活的落差让他更向往年轻的日子。1983年，他加入了中国作家协会。1986年，他成为北京作家协会合同制作家，后来又成为北京作家协会驻会作家。至此，他

① 叶立文．史铁生评传．郑州：河南文艺出版社，2018：429.

的生活才算是稍稍有了保障。可以说，是文学，将他从命运的深渊救起，给了他第二次生命。

对于命运，史铁生有着自己的看法。在《一个谜语的几种简单的猜法》中，他向读者抛出了一个有趣的谜语，这个谜语有三个特点：第一，它的谜面一出，谜底就已经呈现。第二，如果猜谜者自己猜不破，那么世上便无人可以猜出。第三，谜底一旦被猜破，猜谜者便会立马发现其实真正的谜底还没有解出。同时，他还给出了一个提示，这个提示同样是一个谜语：什么东西离你最近可你反而看不见？答案是睫毛。把这些提示结合起来，可能已经有人知道了谜底，那就是命运。命运是既定的，无法改变。上帝赐予每个人命运的时候，已经顺便确保了它的答案。有了开头，便会有既定的结果；每个人都有自己的命运，别人无法主导，也不能干涉，只能由自己接受命运并且努力改变命运。人一旦意识到命运便是谜底，同时却也会发现谜语其实仍未揭开，命运变幻莫测，谁都无法预测下一秒会发生什么，一种观察角度也只能看到一种命运，无法全面。正如就在眼边却看不到的睫毛一样，人往往会身在其中，当局者迷，旁观者却也无法看清，命运只能由自己解读。史铁生以一个耐人寻味的谜语写出了人存在的困境，写出了整个宇宙的奥秘。人是什么？人就是茫茫宇宙中微不足道的个体，不因个人而存在，也不能脱离自我而存在。只有自己能解释清楚“我”

为什么活、要到哪里去的问题。建立在自我角度上，观察他人命运的存在，从而感受到宇宙的浩瀚无穷，这似乎就是史铁生想要传达给我们的。人生三问，只有自己能回答得出。而这些，都是史铁生在漫长的“写作之夜”悟出来的。

【经典品读】

《病隙碎笔》中关于“我”是谁的思考

我是史铁生——很小的时候我就觉得这话有点怪，好像我除了是我还可以是别的什么。这感觉一直不能消灭，独处时犹为挥之不去，终于想懂：史铁生是别人眼中的我，我并非全是史铁生。

多数情况下，我被史铁生减化和美化着。减化在所难免。美化或出于他人的善意，或出于我的伪装，还可能出于某种文体的积习——中国人喜爱赞歌。因而史铁生以外，还有着更为丰富、更为混沌的我。这样的我，连我也常看他是个谜团。我肯定他在，但要把他全部捉拿归案却非易事。总之，他远非坐在轮椅上、边缘清晰齐整的那一个中年男人。白昼有一种魔力，常使人为了一个姓名的牵挂而拘谨、犹豫，甚至于慌不择路。一俟白昼的魔法遁去，夜的自由到来，姓名脱落为一张扁平的画皮，剩下的东西才渐渐与我重合，虽似朦胧缥缈了，却真实起来。这无论对于独处，还是对于写作，都是必要的心理环境。

（史铁生．病隙碎笔2//史铁生作品全编：第8卷．北京：人民文学出版社，2017：39.）

"写作之夜"是史铁生在《务虚笔记》当中提出的一个概念。叶立文认为，"'写作之夜'与其说是一个时间概念，倒不如说是一个精神概念。它指的是史铁生处于写作/思想状态时的心态与氛围"①。那么，史铁生为何认为写作像黑夜呢？这恐怕与他的性格有关。他早慧敏感，自尊好强，向往自由。在白昼的熙熙攘攘里，他无法全身心投入到创作中，再加上白日里各种道德、法律和世俗观念的束缚，他无法实现心魂的真正自由，与其如此，不如遁入黑夜，用另一种角度看世界。

史铁生还特别推崇日本作家横光利一在《作家的奥秘》当中提出的第四人称的想法。"我想，第四人称，即是那超越了你、我、他三种位置的神性关照吧；是要作家们不仅针对他人，更要针对自己，切勿藏起自己的'奥秘'，一味地向读者

① 叶立文．史铁生评传．郑州：河南文艺出版社，2018：380.

展示才华和施以教导。所以我想，写作不是模仿激情的舞台，而是探访心魂的黑夜。”[①]因此，史铁生后期的创作中，非常注重人称的变化。在他看来，“我”并不是史铁生，而是一个漫游的心魂。“心魂”是史铁生后期创作中相当重要的一个概念。“心魂”实际上代表的是一种存在的状态、一种生命的方式。史铁生认为，“我”是一个永恒的行魂，“我”并不等于“史铁生”，“史铁生”只是一个代号，是“心魂”所跻身的一处“人形之器”；“心魂”则是一种自由的“我”，不受拘束，辗转于各类“人形之器”中，此生这个“心魂”只不过恰好栖居在“史铁生”中。因此，他说“我在史铁生中醒来”。“所以我常自窃想，一旦我脱离此世，不管到了哪儿，若被问及我前生何在，最靠谱的回答就还是：我在史铁生。”[②]正是文学给了他这样的自由。在文学中，史铁生可以“精骛八极，心游万仞”，与自己的心魂对话。“写作救了史铁生和我，要不这辈子干什么去呢？当然也可以干点别的，比如画彩蛋，我画过，实在是不喜欢。我喜欢体育，喜欢足球、篮球、田径、爬山，喜欢到荒野里去看看野兽，但这对于史铁生都已不可能。写作为生是

① 史铁生．写作与越界//史铁生作品全编：第7卷．北京：人民文学出版社，2017：91-92.

② 史铁生．回忆与随想：我在史铁生//史铁生作品全编：第9卷．北京：人民文学出版社，2017：306.

一件被逼无奈的事。”[①]是文学，放飞了他的想象；是文学，给了他一次重生的机会；是文学，点燃了他的生命。命运之树上，结满了苦果，而他却用它们酿成了文学的美酒。这一次，他从文学中醒来。

【我来品说】

1. 从上文的分析中，你是否能总结出：史铁生认为人是如何存在的？你赞同他的观点吗？

2. 你认为史铁生为什么说“我并非全是史铁生”？

① 史铁生．病隙碎笔2//史铁生作品全编：第8卷．北京：人民文学出版社，2017：42.

第二章

在那遥远的『清平湾』

导读

小说《我的遥远的清平湾》是史铁生的代表作之一，很多人也是从这部小说开始认识史铁生的。1983年，小说发表后引起了很大的社会反响，不仅获得了1983年“全国优秀短篇小说奖”和“青年文学奖”，还在2018年9月入选“中国改革开放四十周年最有影响力小说”。《我的遥远的清平湾》到底讲述了怎样的故事？为何能够得到如此高的社会评价？本章将带你一起探寻。

在史铁生眼中，记忆是一个牢笼，印象是牢笼以外的天空。记忆，囚禁着以往的碎片；印象，是模糊的拼图。在经历了无数个排列组合之后，往往会产生不同的画面，因此印象的内涵要比记忆丰富得多。那么，清平湾在史铁生的记忆中留下了怎样的印象呢？那些往事对他来讲有何与众不同的意义呢？让我们一起走进史铁生的记忆中，去感受那个年代的风云变幻吧。

十八岁出门远行

史铁生出生的年代恰逢知识青年上山下乡运动火热的时候。那个时候，下乡插队不仅是大势所趋，而且是一种光荣。1967年，史铁生从清华附中毕业。由于出身不好，史铁生在学校中自然是边缘人物，总是被排挤。他索性就和几个朋友们一起，整天在清华园里骑车闲逛，要不就到圆明园的小河里摸鱼。当然，一有时间，他也会认认真真地学习马列经典。不过，对于里面的大道理，史铁生似乎还不那么明白，读这些书很大程度上是为了和人辩论时不至于词穷，不会显得自己很没有政治觉悟。

这样的日子过了将近一年。1968年的秋天，突然有一天，有消息传来，说大家都得去插队，连大学生也得去。此时的史铁生，正梦想着能留在北京当工人。史铁生想留在北京的原因也很简单：工人能挣工资，他好能攒钱买一双当时最时髦的“回力”牌球鞋。然而，史铁生没有多少选择的机会。眼看着梦想要破灭了，他心里十分沮丧。母亲则更为担忧：史铁生患有先天性脊椎裂的毛病，时不时会腰腿疼，母亲生怕他到农村去长期劳动身体吃不消。为了让他留在北京，母亲在背地里天天抹眼泪，还跑到学校去找人说情。

史铁生是家中独子，按道理本可以申请留在北京，但或许是受了学校工宣队宣传的影响，又或许是青春期容易头脑发热，没想到，史铁生竟然很快改变了主意，一心想着去插队，还瞒着母亲，偷偷在街道的“红医工”学习班报了名，学习了扎针和针灸，准备在自己犯病的时候给自己扎针。母亲自然是不愿意的，一方面担心儿子的身体，另一方面也有点舍不得。她深知农村生活条件艰苦，且远隔千山万水，什么时候回来也遥遥无期，万一调不回来，将来年龄大了，娶妻生子，搞不好一辈子要留在那里。想到这些，她默默地抹着眼泪。对于史铁生来讲，自然想不了那么长远，这个稚气未脱的小伙子只觉得新鲜：能去革命圣地延安为实现革命理想而奋斗，想想都觉得激动。于是，他执意报了名。母亲苦口婆心地劝阻，终究没能拗过史铁生，只得同意。儿行千里母担忧，母亲突然变得慷慨起来，为史铁生置办出门用的东西；也是第一次，史铁生拥有了一双梦寐以求的“回力”球鞋，沉浸在出门的喜悦当中，“我醉心于整理行装，醉心于把我的财产一样一样码在箱子里，反复地码来码去。有机会我就对人说：‘我要走了，插队去，八成近不了。’”①。

① 史铁生．插队的故事//史铁生作品全编：第4卷．北京：人民文学出版社，2017：53.

1969年1月，史铁生和“插友”们一起，义无反顾地踏上了北京开往陕北的火车。这一年，史铁生18岁。“直到上了火车，直到火车开了，我仍然觉得不过像是去什么地方玩一趟，跟下乡去麦收差不多，也有点像大串联。大串联的时候我还小，什么都不懂，起哄似的跟着人家跑了几个城市，又抄大字报又印传单，什么也不懂。其实我最愿意这么大家在一块热热闹闹的，有男的有女的，都差不多大，到一个遥远的地方去干一点什么事。”[①]那个时候的史铁生还是很懵懂的，喜欢热闹。一起插队的还有同样来自清华附中64级3班的不少女同学，一路上，男男女女挤在一个车厢，但由于害羞以及男女授受不亲的传统观念，互相都不怎么搭话，暗地里较着劲。

“我插队的那地方离北京几千里路，坐了火车再坐火车，倒了汽车再倒汽车，然后还有几十里山路连汽车也不通。”[②]路途遥远，一帮正值壮年的年轻人聚在一起，谈天说地，内心充满了忐忑和激动。从北京到延安，从平原到高原，一路上的风景千变万化。长途跋涉虽辛苦，大家却也斗志昂扬。史铁生插队的地方位于黄土高原，隶属于陕北西部的延川县关庄镇，虽是革命老区，但是由于气候条件所限，全年降水少、大风多，

① 史铁生．插队的故事//史铁生作品全编：第4卷．北京：人民文学出版社，2017：47.

② 同①42.

穷山恶水，植被稀少，土地贫瘠，“书上这么介绍我们那儿：地表破碎，梁峁起伏，沟壑纵横。黄河沿岸地带，山梁狭窄，坡陡沟深，基岩裸露，形成峡谷峭壁……”[①]随着目的地的临近，人烟越来越少，山路越来越难走，对于从小在北京长大的史铁生来讲，第一次见到黄土高坡的壮阔和荒凉，之前心中的所有设想都被颠覆，对于革命圣地的美好想象瞬间就打了折扣，“忽然，汽车仿佛开到了大地的尽头，平平的塬地斧砍刀劈般塌下去一大片深谷，往下看头晕目眩。深谷中也有人间，炊烟袅袅，犬吠鸡鸣，牲灵和赶牲灵的人小得如蚂蚁在爬。越往北走这样的深谷越多，越大，渐渐不见了平地，全是起伏不断的山梁。然后到了延安。然后发现宝塔山并不‘巍巍’。延河又因在冬天不能‘滚滚流’”[②]。沿路上，不时还会遇到乞讨的乞丐，史铁生心中的诗意遭到了挫折，脑海里浮现出了母亲眼泪汪汪的场景。

到了延川县小镇上，有当地的干部和老乡来接他们，一行人背着沉重的行李翻山越岭，穿行在崎岖不平的山路上，几经辗转，终于来到了目的地——关家庄。这个大山深处的小村庄还有一个美丽的名字——清平湾，这个名字的得来要归功于村前那条清平河，这条河在大山中百转千回，盘绕迂曲，河中

①② 史铁生．插队的故事//史铁生作品全编：第4卷．北京：人民文学出版社，2017：60.

泥沙淤积出一道川，绵延上百里，将沿河几十个零散村落连成一片，最终注入黄河。因为这条河的缘故，人们渐渐把这一带叫作清平湾。相比关家庄，清平湾这个与水相关的名字可要灵秀得多。在面朝黄土背朝天的大山深处，有这样一个轻盈、上口的名字，总能让人生出一丁点儿浪漫的想象。尽管生活条件比不上北京，然而淳朴的民风和粗犷的自然风光却给了史铁生别样的体验，在他的笔下，这里的一切充满了大西北特有的浓烈、热情和洒脱，高天厚土，沟壑纵横；同时，这里还有着南方水乡的温柔与素净，带着几分诗意的美。他这样写道：

站在山顶上看清平河，一条金属似的带子，蜿蜒东西不见头。清平湾上浮着薄雾，隐约可见家家窑檐下耀眼的红辣椒，隐约可闻石碾的吱扭声，人的吆驴骂狗声，狗惭愧的讨饶声和驴的引吭高歌。蓝天，黄土，地远天高。云彩的影子在山地上起伏赛跑，几座山峁忽地暗了，几座山峁骤然又辉煌灿烂。那时候你觉得，或许在这儿呆一辈子也凑合吧？[1]

史铁生的18岁，便是这样开始的。

① 史铁生．插队的故事//史铁生作品全编：第4卷．北京：人民文学出版社，2017：82.

山歌、牛群、破老汉

土窑洞、煤油灯、河川水、毛驴车，插队生活远比史铁生想象的要艰苦得多。不过，知青们吃的是国库粮，每人每个月有四十五斤固定的份额，有时候还有谷子、玉米，甚至还能分点青油，足以让老乡们羡慕。山里的农活可不轻，放羊、拦牛、下地、砍柴，对知青们来说，样样都是技术活。劳动了一天以后，饥肠辘辘、十七八岁的后生姑娘们，正值长身体的时候，晚饭只有一碗稀粥必然是吃不饱的。史铁生和同伴们往往会学着老乡们的样子，在稀饭里撒上一小撮盐，兑上水后一口灌下，趁着肚子有些许饱胀感，赶紧上床睡觉——睡着了就不饿了。来之前，学校工宣队把农村吹得和天堂一样；等到亲眼见到之后，大家才晓得陕北农村之贫瘠。不过，这些苦和累都没有让史铁生打退堂鼓。

清平湾的乡亲们都是老老实实的庄稼人，为人很厚道，对于这些大城市来的知青们多有照顾，大家相处得也很融洽。这里虽然偏僻落后，医疗条件也很差，民风却颇为淳朴，男女老少也很喜欢这帮子年轻孩子。知青们帮着老乡们干活，给他们讲外面的世界，教娃娃们唱歌、吹口琴，还把自己从北京带来的粉丝给大伙儿们尝鲜。史铁生来之前学过一阵子医，略懂医术，勉强算是个赤脚医生，还能给人针灸，当时可算得上个香饽饽。空闲了，他还教好友孙立哲扎针，后来有一次，孙立哲用土方法给一位哺乳期妇女“动了刀”，治好了她产后涨奶的病症。生活虽平淡艰苦，也要苦中取乐。史铁生在老乡家的厨房，用隶书写上“御膳房”三个字，每次去吃饭都自我感觉和皇帝用膳一样神气。自制的一副棋盘，还要题字“河边无青草，不用多嘴驴”，这样一来，下棋的时候，也好自己做主，杀对方个片甲不留。

陕北的冬天的确不太好过，刺骨的风常常冻得人直打哆嗦。或许是由于苦力较重，也或许是恶劣的天气原因，下乡没过多久，史铁生就出现了腰腿疼痛的症状。当地医疗条件差，只好转回北京检查。前后折腾了两个月，没什么进展，于是回陕北继续插队。队里鉴于他身体不好，特许他不干农活，另外给他安排了喂牛的活儿。

在那个年代，牛羊等牲畜的数量并不多，尤其是牛。“在那个地方，担粪、砍柴、挑水、清明磨豆腐、端午做凉粉、出麻油、打窑洞……全靠自己动手。腰腿可是劳动的本钱；唯一

在清平湾插队时期的史铁生

能够代替人力的牛简直是宝贝。”[①]喂牛虽不像干苦力那般强度大，却是一项细致活儿。对牛要耐心，不能急，添草不能一次添太多，要反复多次，即便半夜里也要从热被窝里起来，不然牛生病了还会误工。老乡们把最宝贝的牛交给史铁生看护，充分表明了对他的信任。史铁生心怀感激。和史铁生一起喂牛的，是一个年近花甲的老汉，姓白。在陕北方言里，“白”的发音近似为“破”，史铁生就称呼他为“破老汉”。老汉的儿子早年病死了，老汉带着小孙女一起生活。别看老汉年纪大了，身体可硬朗着呢，爬树、拦羊、烧火、做饭都不在话下，爬树

① 史铁生．我的遥远的清平湾 // 史铁生作品全编：第 3 卷．北京：人民文学出版社，2017：99.

的时候像只灵活的猴子，让史铁生叹为观止。陕北人爱唱歌，时不时就唱两嗓子自娱自乐。破老汉的脑子里就装满了山歌，那苍凉凄婉的唱腔、嘶哑却高亢的嗓音，令史铁生印象深刻。他回忆道：

小时候就知道陕北民歌。到清平湾不久，干活歇下的时候我们就请老乡唱，大伙都说破老汉爱唱，也唱得好。“老汉的日子熬煎咧，人愁了才唱得好山歌。”确实，陕北的民歌多半都有一种忧伤的调子。但是，一唱起来，人就快活了。有时候赶着牛出村，破老汉憋细了嗓子唱《走西口》：“哥哥你走西口，小妹妹也难留，手拉着哥哥的手，送哥到大门口。走路你走大路，再不要走小路，大路上人马多，来回解忧愁……”场院的婆姨、女子们嘻嘻哈哈地冲我嚷：“让老汉儿唱个《光棍哭妻》嘛，老汉儿唱得可美！”破老汉只作没听见，调子一转，唱起了《女儿嫁》：“一更里叮当响，小哥哥进了我的绣房，娘问女孩儿什么响，西北风刮得门栓响嘛哎哟……”往下的歌词就不宜言传了。我和老汉赶着牛走出很远了，还听见婆姨、女子们在场院上骂。老汉冲我眨眨眼，撅一根柳条，赶着牛，唱一路。[①]

① 史铁生．我的遥远的清平湾//史铁生作品全编：第3卷．北京：人民文学出版社，2017：100.

在山上放牛，给史铁生留下了深刻的印象。这儿的牛，苦也重。一天下来，牛常常累得身子直哆嗦，也吃不上什么好的草料，于是就争抢着舔地上的盐碱。每当这个时候，史铁生总会默默地可怜这些牲灵。等牛缓过来的时候，天已经快黑了。山里的夜晚静极了，偶尔会传来几声狼叫。破老汉用牛吃剩下的草疙瘩生了一堆火，火光冲天，火苗噼里啪啦的，伴着牛吃草的声音，让人心里舒坦。史铁生爱听牛吃夜草的声音，有时候躺下了，牛还在吃草，那声音窸窸窣窣的，仿佛是母亲催眠的摇篮曲，心里不由地觉得很踏实。大山里没什么人烟，除了破老汉，牛便是忠实的伴侣。白天早早地牵出去吃草，晚上太阳快落山了再牵回来，人和牛一道走在山间的小路上，伴着夕阳余晖，颇有些诗情画意。和牛在一起，也算是其乐无穷。

和牛待得时间长了，自然有了感情。对于牛，史铁生可是很有研究，牛的一举一动他都看得懂，还能一眼分得清品种与好坏。史铁生挑牛有着自己的眼光，他最喜欢的是一头红犍牛：不仅长得健壮，干活顶事，而且卖力，可惜它不是首领。最讨厌的是一头老黑牛，“不仅老奸巨猾，而且专横跋扈，双套它也会气喘吁吁，却占着首领的位置。遇到外‘部落’的首领，它倒也勇敢，但不下两个回合，便跑得比平时都快了。那头老生牛就好，虽然比老黑牛还老，却和蔼得很，再小的牛冲它伸伸脖子，它也会耐心地为之舔毛。”[①]山里没什么娱乐活动，最多就是流动电影队来放场电影，偶尔会有说书的路过，相比这些，史铁生更愿意去看牛顶架，用他的话说：“那实在也是一项有益的娱乐，给人一种力量的感受，一种拼搏的激励。”[②]他笔下牛打架的场面可谓激动人心：

二十头牛（主要是那十几头犍牛、公牛）都排了座次，当然不是以姓氏笔画为序，但究竟根据什么，我一开始也糊涂。我喂的那头最壮的红犍牛却敬畏破老汉喂的那头老黑牛。红犍牛正是年轻力壮的时候，肩峰上的肌肉像一座小山，走起路来步履生风；而老黑牛却已显出龙钟老态，也瘦，只剩下一副高大的骨架。然而，老黑牛却是首领。遇上有哪头母牛发了情，老黑牛便几乎不吃不喝地看定在那母牛身旁，绝不允许其它同性接近。我几次怂恿红犍牛向它挑战，然而只要老黑牛晃晃犄角，红犍牛便慌忙躲开。我实在憎恨老黑牛的狂妄、专横，又为红犍牛的怯懦而生气。后来我才知道，牛的排座次是根据每年一度的角斗，谁夺了魁，便在这一年中被尊崇为首领，享有“三宫六院”的特权，即便它在这一年中变得病弱或衰老，其

① 史铁生．我的遥远的清平湾//史铁生作品全编：第3卷．北京：人民文学出版社，2017：107.

② 同① 108-109.

他的牛也仍为它当年的威风所震慑，不敢贸然不恭。习惯势力到处在起作用。可是，一开春就不同了，闲了一冬，十几头犍牛、公牛都积攒了气力，是重新较量、争魁的时候了。“男子汉”们各自权衡了对手和自己的实力，自然地推举出一头（有时是两头）体魄最大，实力最强的新秀，与前冠军进行决赛。那年春天，我的红犍牛处在新秀的位置上，开始对老黑牛有所怠慢了。我悄悄促成它们的决斗，把它们引到开阔的河滩上去（否则会有危险）。这事不能让破老汉发觉，否则他会骂。一开始，红犍牛仍有些胆怯，老黑牛尚有余威。但也许是春天的母牛们都显得愈发俊俏吧，红犍牛终于受不住异性的吸引或是轻蔑，“哞——哞——”地叫着向老黑牛挑战了。它们拉开了架势，对峙着，用蹄子刨土，瞪红了眼睛，慢慢地接近，接近……猛地扭打到一起。这时候需要的是力量，是勇气。犄角的形状起很大作用，倘是两支粗长而向前弯去的角，便极有利，左右一晃就会顶到对方的虚弱处，然而，红犍牛和老黑牛都长了这样两支角。这就要比机智了。前冠军毕竟老朽了，过于相信自己的势力和威风，新秀却认真、敏捷。红犍牛占据了有利地形（站在高一些的地方比较有利），逼得老黑牛步步退却，只剩招架之功。红犍牛毫不松懈，瞧准机会把头一低，一晃一冲，顶到了对方的脖子。老黑牛转身败走，红犍牛追上去再给老首领的屁股上加一道失败的标记。第一回合就此结束。

这样的较量通常是五局三胜制或九局五胜制。新秀连胜几局，元老便自愿到一旁回忆自己当年的矫勇去了。[①]

与史铁生不同的是，破老汉却对老黑牛敬重有加，说它救过人的命。直到有一次，史铁生发现老黑牛为了保护小牛不被压坏，一直在牛棚中保持站立姿势，对它的印象才大大改观。老黑牛死后，只有史铁生和破老汉没吃它的肉。

【经典品读】

《我的遥远的清平湾》中
对夏秋两季拦牛场景的描写

夏天拦牛可不轻闲，好草都长在田边，离庄稼很近。我们东奔西跑地吆喝着，骂着。破老汉骂牛就像骂人，爹、娘、八辈祖宗，骂得那么亲热。稍不留神，哪个狡猾的家伙就会偷吃了田苗。最讨厌的是破老汉喂的那头老黑牛，称得上是“老谋深算”。它能把野草和秧苗分得一清二楚。它假装吃着田边的草，慢慢接近田苗，低着头，眼

① 史铁生．我的遥远的清平湾//史铁生作品全编：第3卷．北京：人民文学出版社，2017：109-110.

睛却溜着我。我看着它的时候，田苗离它再近它也不吃，一副廉洁奉公的样儿；我刚一回头，它就趁机啃倒一棵玉米或高粱，调头便走。我识破了它的诡计，它再接近田苗时，假装不看它，等它确信无虞把舌头伸向禁区之际，我才大吼一声。老家伙趔趔趄趄地后退，既惊慌又愧悔，那样子倒是有点可怜。

…………

秋天，在山里拦牛简直是一种享受。庄稼都收完了，地里光秃秃的，山洼、沟掌里的荒草却长得茂盛。把牛往沟里一轰，可以躺在沟门上睡觉；或是把牛赶上山，在下山的路口上坐下，看书。秋山的色彩也不再那么单调：半崖上小灌木的叶子红了，杜梨树的叶子黄了，酸枣棵子缀满了珊瑚珠似的小酸枣……尤其是山坡上绽开了一丛丛野花，淡蓝色的，一丛挨着一丛，雾蒙蒙的。灰色的小田鼠从黄土坷垃后面探头探脑；野鸽子从悬崖上的洞里钻出来，扑棱棱飞上天；野鸡咕咕嘎嘎地叫，时而出现在崖顶上，时而又钻进了草丛……我很奇怪，生活那么苦，竟然没人捕食这些小动物。也许是因为没有枪，也许是因为这些鸟太小也太少，不过多半还是因为别的。譬如：春天燕子飞来时，家家都把窗户打开，希望燕子到窑里来做窝；

很多家窑里都住着一窝燕儿，没人伤害它们。谁要是说燕子的肉也能吃，老乡们就会露出惊讶的神色，瞪你一眼："咦！燕儿嘛！"仿佛那无异于亵渎了神灵。

（史铁生．我的遥远的清平湾//史铁生作品全编：第3卷．北京：人民文学出版社，2017：100-105.）

老乡们的特殊照顾让史铁生心怀感激，渐渐地，他爱上了这些和山里人一样默默无闻的牛，干起活来也格外卖力，数九寒天半夜也要起来加几次草料。成日里睡在没烧火炕的寒窑，有时候还会直接在牛棚里将就，原本就患有先天性脊椎裂的史铁生，常年受寒冷的侵袭，久而久之，他的病情加重了。史铁生一共在清平湾待了三年，有两年的时间便是和牛一起度过的。在山上放牛的日子，是他人生中最难忘的一段经历。

山里的娃娃们

在陕北话里，对于晚辈和孩子们有一个亲切的称呼“心儿家”。在老乡们的眼里，这群远道而来的小知青们，也和自己的孩子们一样，“‘心儿家’不晓得愁”。不过，最让史铁生羡慕的，还是当地的娃娃们。山里长大的孩子没见过什么大世面，天真烂漫，无忧无虑，门前的清平河便是他们撒欢儿的天堂。一到夏天，河滩上总是会有不少玩闹的孩子们，光着屁股，黑瘦黑瘦的，一个个快乐得像只猴子。曲折蜿蜒的清平河水，伴着孩子们银铃般的欢声笑语缓缓东去。初到清平湾的时候，孩子们就是史铁生他们日常的开心果。全村三百多人，竟然有一半是孩子。一遇到知青们，孩子们就赶紧凑上来围成一团，央求知青们当中会吹口琴的吹一曲。知青们也大方，把自己会吹的给孩子们吹了个遍，“娃娃们听不懂，但都满意，因为那么个东西竟能吹成个曲儿”①。那个年代的流行歌曲和现在大

① 史铁生．插队的故事//史铁生作品全编：第4卷．北京：人民文学出版社，2017：82.

为不同，大多是《山楂树》《三套车》《红河谷》之类的，悠扬的声音把人们的思绪也带到了远方。

别看这帮孩子年龄小，干起农活来却像大人：提着小镢，挎着菜篮子，有模有样的。大人们干活，孩子们就在一旁帮忙。这些孩子从小在山里长大，砍柴、放牛自然是轻车熟路，有的时候竟然比史铁生他们干得都好，让人惊奇。据史铁生回忆，“那天我们六七个人只砍了一捆黄蒿。黄蒿好烧，一点就着，不过不经烧，老乡只用它引火。晌午我们背着那捆黄蒿往回村走，以为不算少。那群和我们一道上山来的娃娃这时纷纷不知从哪儿都冒出来，一人背着一大捆柴，弯着腰走，见了我们的一捆黄蒿，都扭起脸来，学着大人的腔调‘咳呀咳呀’地嘲笑，脸上全是黄泥汗。孩子还不如一捆柴高，远看只有一捆柴在山坡上一跃一跃地移动”①。

山里的孩子没条件上学，村里有一眼不大的破窑洞，便是孩子们的学校。整个学校只有一个老师，来上学的大多是八九岁的孩子，再大的就要下地干活了。窑洞里容纳不下几十个孩子，于是便分为两个班，轮流上课：轮到在窑里，就跟着老师学认字、读课文；轮到在窑外的，就安排写字。炮弹皮做的上课铃，远远的也能听到声响。山里人没什么钱买纸笔，几分

① 史铁生．插队的故事//史铁生作品全编：第4卷．北京：人民文学出版社，2017：83.

钱买来的本子能让娃娃们高兴一个学期。没钱的就自己想办法做，五花八门的本子让人大开眼界，有的是哥哥姐姐用剩下的接着用，有的是草纸，有的是糊窗户的纸钉成的，甚至还有的是拿知青们装肥皂粉的纸袋钉成的。不过，孩子们并不在意这些，笑着、闹着，时不时还搞点恶作剧。

清平湾是老区，穷乡僻壤，条件艰苦，山里的孩子命也苦，破老汉的小孙女留小儿，患有先天性心脏病的明娃，跟随瞎子长大的随随，都是生活在这里的苦命娃娃。他们治不起病，娶不起媳妇，没见过收音机，也不知道电影是个啥，还有的一出生就没了爹娘。然而，史铁生在描写人们的生活时，将物质贫乏给人带来的窘迫化为了原始的淳朴，以抒情的笔法回避了饥饿和穷困的主题。他的作品中从来没有抱怨，尤其在表现娃娃们时，更是表现出儿童的淳朴、乖巧、懂事，这样的写法同其他作家笔下特殊年代的创伤回忆是截然不同的。

富有富的乐趣，穷有穷的欢喜。史铁生作品中的孩子显然要幸福得多，他们在饥荒年代仍然自得其乐，在大山里放飞着自我。从现实经验来讲，儿童对食物诱惑的抵御力是明显低于成人的，但在史铁生笔下，儿童却表现得秩序井然，非常理性。《我的遥远的清平湾》中有这样一段描写：“天快黑的时候，进山寻野菜的孩子们也都回村了，大的拉着小的，小的扯着更小的，每人的臂弯里都挓着个小篮儿，装的苦菜，苋菜，或者小蒜、蘑菇……孩子们跟在牛群后面，叽叽嘎嘎地吵，争抢着把牛粪撮回窑里去。”[①]这些孩子们生在缺衣少食的年代，一年到头吃不上几回肉，他们帮大人劳作，一个个表现得和大人一样，不禁惹人怜爱。对于食物，这些孩子也没有像莫言笔下的孩子那样执着到近乎极端，他们欣喜却不疯狂，充分将孩子的那种克制的天真表现出来。当生产队决定给帮着捡麦穗的娃娃们买顿肉犒劳一下时，他们的表现是非常让人动容的：

早晨，娃娃们过节般地早早爬起来，抱着父母早给预备下的大碗到学校来。几十个娃娃排好队，坐成一片，捧着碗望着教室，出声地吸着鼻子，捕捉教室里流出的肉香，赞叹声不绝于耳，逐渐地又打闹起来。徐财喊：“悄悄儿！谁日怪哩？不给狗日的吃大肉。”娃娃们都闭上嘴，屏住呼吸。大肉白馍全端出来，娃娃们都把大碗举向半空，所有的眼睛都瞅着第一个分到大肉和白馍的孩子，一时间全村都很静。每个娃娃分得一个白馍，小半碗肉，大半碗漏粉、豆芽和肉汤。娃娃们都很快乐，互相比着谁分到的肉更多，而且更肥。都先喝一口肉汤，吃一点豆芽和漏粉，看见别人碗里的肉没动，自己也不动。四元儿忍不住吃了一大口肉，别的娃娃都笑他，都往他碗里看，笑他

① 史铁生．我的遥远的清平湾//史铁生作品全编：第3卷．北京：人民文学出版社，2017：97.

碗里已经没有原来那么多肉了。

“咋，狗日的们操心吃！”徐财喊，也很快乐。

怀月儿先端着碗往回窑走了，说是要给她大、她爷、她妈、她兄弟都尝尝。所有的娃都想起窑里，骄傲地端着碗往回走，一边用筷子蘸点肉汤在嘴里嘬。

五元儿永远是个倒运鬼，飞似的往窑里跑，肉和菜全扣在地上，一只大碗也摀烂，又遭了疤子一顿骂。肉和菜捡起来洗洗还能吃，半碗汤却全喂了狗。狗把那块地舔成一个坑。[①]

生产队决定给娃娃们开小灶，这些孩子在面对梦寐以求的肉时，充分表现出了孩子纯真的天性，好动、兴奋、率真，同时也体现出了他们善良、淳朴、懂事的一面。所有的孩子都眼巴巴地等着吃肉，当怀月儿往家里走的时候，别的孩子才想起来也要给家人尝尝，孩童那种天真烂漫跃然纸上。在美食面前，他们难以抑制自己的天性，完全忘记了别人；一旦有人带头，他们又突然想起了自己的家人。易从众，好扎堆，却也懂得疼人。另外，此处徐财对于孩子们粗暴的言语也很值得回味，作为这个小场景中秩序的维护者，他的粗口只不过是对于孩子们爱怜的嗔怪，他其实是非常怜惜这群孩子的。事实上，

① 史铁生．插队的故事//史铁生作品全编：第4卷．北京：人民文学出版社，2017：96-97.

史铁生笔下对于饥饿的描写如此与众不同，并不是因为史铁生没有经历过饥饿——狗把地舔成了一个坑这点也暗示当时的条件其实是非常艰苦的。即便在这样的环境下，史铁生也将孩子们排队吃饭的场景描写得诗意盎然：没有哄抢，没有夸张的狼吞虎咽，而是抓住了孩子们那种得到食物后的兴奋、珍惜、舍不得吃的神态来刻画人物，充满了浓浓的人情味儿。孩子们表现出的秩序井然、自主节制非常打动人，流露出了史铁生对孩子们的赞美和深切期望。尽管多多少少会抒发一些感伤情怀，但并不是主旋律，他所关注的重点始终是儿童的天性，是孩子们在时代洪流中守住了自己的桃花源，这其中寄托着他对孩子们的殷切期望。

上个世纪80年代，知青文学曾经风行一时，为何落潮之后再无重大起色？为何能经受多角度考辨与质疑的经典性文本少之又少？为何当大多数知青文学作品已光彩暗淡时，史铁生的《我的遥远的清平湾》却让人一次又一次地提起？其经典意义在于什么呢？原因是值得人深思的。对于酿成大祸的插队生活，史铁生从来都没有抱怨过，相反，他笔下的清平湾，他笔下的老乡、娃娃们，同大多数知青作品中的描述都不尽相同。宁静壮阔的河川、连绵起伏的大山、淳朴的民风、善良和蔼的老乡、可爱的孩子们，还有那不知道已经是第几代的牛，反而让人心驰神往。

今天，当我们再次沿着史铁生的足迹，到陕北的窑洞去参观时，仍然会感叹当地条件的落后。黄土高坡上最不缺的就是窑洞，在厚厚的土崖上掏的几口窑洞就是当年知青们下乡的落脚点。门前的枣树上，几颗枣儿在风中摇摇欲坠；破旧的牛圈里，零零散散地堆着杂草，悠闲的老黄牛慢悠悠地嚼着看起来并不怎么新鲜的草料，紧挨着牛圈的是几口破旧的窑洞。门前几只鸡羽毛凌乱，伸着脖子咕咕地叫着。满地都是叫不上名字来的灌木；附近的土坡上，到处都是扎人的酸枣刺。可想而知，当年下乡插队的知青们面临的是什么样的环境。然而，史铁生呈现给读者的，却是另外一番景象。“那些黄土缓缓撒落在史铁生的心里，孕育出他慈悲怜悯的情怀以及那如同黄土一样浑厚、宽广，如清平河水一样涓涓流淌的文字。”[①]只有脱离自身的悲欢与得失，构建起一种大爱，一种基于善良与人道的悲悯之心、平常之心，才有可能克服慷慨激昂中的空洞、悲怆中的苍白，克服自我中心的狭隘，进入历史与人生的全局性境界，创作出大格局、大胸襟、触动人心的史诗性作品。

清平湾的插队生活，是史铁生人生中重要的转折点，因为放牛时淋了场大雨，大病一场，最终导致了他终身残疾，一生疾病缠身。如果没有来插队，或许他的人生从此改写，也不会

① 赵泽华．史铁生传：从炼狱到天堂．西安：陕西师范大学出版社，2018：70.

有后来那么多的苦难。然而，我们在他《我的遥远的清平湾》里，却丝毫感觉不到他的埋怨和痛苦。相反，他却将浓墨重彩给了这片导致他终身残疾和病痛的土地，字里行间流露出的都是怀念，他深情地抚摸着它的深厚、淳朴、贫困与苍凉，一咏三叹般地向世人诉说着它的平凡与朴实。《我的遥远的清平湾》中所显示出的欢喜与哀愁、辛酸与温情、体贴与悲悯的背后，实际上是作家思想境界的开阔与高远、人格魅力的温厚与豁达、精神品质的善良与人道，而这些，通过文字转化成无形的艺术魅力，长久地、深深地打动着人心。这也是我们今天仍然要读史铁生的重要原因。

【我来品说】

1. 从上文的分析中，你是否能总结出：史铁生如此留恋清平湾的原因是什么?

2. 你有在农村生活的经历吗？给你影响最深刻的是什么？你能仿照史铁生《我的遥远的清平湾》中的文字写写你和农村的故事吗?

第三章 『我与地坛』的往事

导读

1991年1月，《上海文学》第1期上发表了一篇文章，立刻引起了文学界的轰动。几十年来，这篇文章经久不衰，影响深远，并在2000年被评为“九十年代十大最具影响力的文学作品”。这篇文章就是史铁生的散文《我与地坛》。作家韩少功评价说：“即使没有其他作品，1991年的文坛有了史铁生的《我与地坛》，就已经是一个丰年了。”那么，是怎样的作品抵得上文坛一整年的成果呢？这篇散文到底写了什么呢？本章将带你一起探寻。

史铁生在作品中多次提到，记忆与印象是打开他作品的钥匙，是他创作的内核。如果说，史铁生的生命是一座内涵丰富的矿藏，那么地坛，则是通往这座矿藏的入口。

命中注定的缘分之地

在风景名胜众多的北京城里，地坛应当算是一个不那么起眼的存在，没有故宫的富丽堂皇，没有天坛的磅礴大气，若不是史铁生的那篇美文《我与地坛》深入人心，或许，它会和当年的那个落魄少年一样，静静地尘封在历史的角落里，细数着过往的点滴，与世无争，大隐于市。

故事，便是从这一地点开始的。

说起地坛的历史，要从中国古代的哲学观念说起。中国自古以来就是礼仪之邦，礼仪在中国古代社会中扮演着十分重要的角色。在古人的观念中，举头三尺有神明，他们有着洞察人世的慧眼，执掌善恶与凶吉，因此，祭祀神灵是生活中的一件大事。古人的祭祀仪式，要远比今人想象的庄严、神圣得多。上至国家的政治、宗教活动，下至平民百姓的婚丧嫁娶，无不讲礼。古代有五礼之说，分别是吉礼、嘉礼、军礼、宾礼、凶礼。祭祀属于吉礼，位列五礼之首，是人们对天地山川、日月星辰、风雨鬼神、社稷祖先、自然万物等表达敬畏的一种方式。地坛便是明清两代帝王用来祭地的场所，与位于故宫东南方的天坛遥相呼应，一个用来祭地，一个用来祭天。每个朝代对儒家经典的解释不尽相同，祭祀天地的方式也大不一样。明朝初期，帝王祭祀天地时采用合祭，直到嘉靖年间才分开祭祀，于是才出现了天坛和地坛之分，分别位于京城中轴线的南北两端。

熟悉老北京快板的人或许听过这样一句唱词：“九坛八庙颐和园，东四西单鼓楼前。”这里的九坛八庙中，祭地之所便是地坛。坛，是中国古代用于祭祀的独特的台型建筑。《礼记·祭法》中记载的“封土为坛”便是用土石堆出一个高于地面的台型建筑作为祭坛。《周礼》中也有“夏至日祭地祇于泽中方丘”的记载。古人认为，祭祀用的祭坛要经受风霜雨露的洗礼，才能够汇聚人间之精华，与天地山川之灵气相通达，因此，尽管祭坛因祭祀对象、时间、地点、等级的不同而呈现多种形状，坛的长度、宽度、高度也会根据实际情况来灵活调整，但共同点往往是要视野开阔、整洁朴素，且没有烦琐的建筑与装饰。坛与庙有所不同，庙大多是祭祀祖先的场所，一般位于室内；坛则是用于祭祀天地、神灵，祭祀往往在室外的开阔高台上进行，这一高台便称为“坛”。

同大多数北方建筑一样，地坛整体布局是坐北朝南。从外观上来看，地坛的整体构造呈方形，由“回”字形两重正

（供图　杜俊红）

地坛公园的方泽坛

方形坛墙包围，区别于天坛的圆形外观。这是源于古人“天圆地方”的观念。以象征大地的正方形几何图形为基础，采用层层嵌套式的结构；从外墙到祭坛，一系列大小不等的正方形反复出现，给人以安定、朴实、稳健的视觉美感，更暗合了大地包罗万象、生生不息的寓意。不仅整体外观的设计有着独特的象征意义，地坛坛面的石头数目也大有讲究。从建筑用料来讲，古人信奉“天为阳，地为阴”之说，因此，地坛的坛面石块数以及尺寸大小都是“阴数”（古人以偶数为阴数）。整个坛面由1 572块石板构成，上层坛面中心铺砌的是36块白色方形石板，横纵各6块，这和古人认为的“6是阴数，9是阳数”有关。围绕中心石向四周辐射，分为8个正方形，共8圈，象征着“普天之下，四海八方，皆为王土”。呈放射状向外，象征“皇权至上，天下一统”。最内层36块，每环递增8块，最外层达92块，总计512块外圈石；加上36块中心石，首层共计548块石板。细心的读者不难发现，这些数字都是6或者8的倍数。

中国古代“天圆地方”的观念

“天圆地方”是中国古人的宇宙观，是在那个科学还不发达的时代，古人根据自己的生活观察得出的结论，反映了古代劳动人民对于天地苍穹的朴素理解，是《易经》阴阳体系中对天地生成及其运行的解读，也是阴阳学说的具体体现。这一观念最早来源于《易经》先天八卦的演化所推演出的天地运行图。外部环绕和中间方形排列的卦象，分别代表了天地的运转规律。天是主，地是次；天为阳，地为阴。两者相互感应，生成了天地万物。《易经》为百经之首、国学之源，其思想体系认为万事万物都是按照阴阳五行演化而来，因此，在古代的各门学科中，都有阴阳五行的思想体系在其中。因此，“天圆地方”的观念也逐渐成为我国古代文明的重要思想，广泛应用于祭祀、园林、建筑、民居、家具、货币、艺术等领域。

地坛内的建筑相比天坛来讲要简单得多，这与古人的哲学观和宇宙观有着密切的关系。古人认为，大地承载万物，谦卑朴素，因此，要在最原始、最简单、最纯净、最精练的环境下祭祀，方能彰显诚意。因此，地坛无论从造型还是装饰来讲都比较朴素，最大限度地去繁从简，高度还原出方形祭台的端庄、恢弘与大气。两侧朱红色的坛墙高度不同，外层围墙要比内层围墙高出近一倍，看似重复的构图实则蕴含着独特的空间美学，给人营造出一种近大远小，如万花筒般的透视效果。这种加大远景、缩小近景的建筑艺术能够很好地突出建筑本身的魅力。同时，祭坛空间和距离的分布也是匠心独运。从平面角度看，登坛者从第一门到第二门、从第二门到祭坛台阶都是32步，登上一层台阶后，再走到第二层台阶处又是32步。从立体角度看，从平地到第一层台阶需要登8级台阶，从第一层台阶登上第二层台阶也是8级台阶。这一设计暗合了祭祀者微妙的祭祀心理：当祭祀者沿着神道一步步登上祭台时，相互错落的外墙逐渐变矮，而祭祀者本人却越来越高，视觉上给人一种唯我独尊的既视感；同时，脚下的步伐也非常规律，32步与8步的频率形成一种独特的心理节奏，当到达祭坛顶端后，不由得产生一种高山万物、俯瞰天下的崇高感和庄严感。除此之外，地坛的内部格局也是暗含玄机，从高空俯瞰，御道起点、外坛门、内坛门、三个折点、御道终点这七个点连接起来刚好组成一个北斗七星的形状，再一次体现出中国古代园林设计者的美好愿望与智慧。

地坛的主色调选用传统的红黄色，配上石板和砖瓦的灰白色，几乎没有特别亮丽的色彩，总体上遵从了“天青地黄”的传统色彩美学，给人一种大地的厚重朴实之感。红黄色系庄重热烈、雍容华贵，灰白色系素雅高洁、稳重大气，强烈的红白对比再加上灰色的过渡，既不突兀，也不失厚重，冷暖色互补，视觉效果和谐。园内所有的建筑内檐枋心均采用双凤和玺彩画，雕梁画栋，十分精美。祭台侧面贴有黄色的琉璃砖，彰显着雍容华贵的皇家品位。自公元1531年到1911年的长达381年的漫长岁月里，曾经有明清两代共15位皇帝在这里祭拜皇地祇神。红墙碧瓦，森柏苍苍，共同见证了曾经的辉煌。这座昔日的皇家庙坛，在几百年的岁月里阅尽人世繁华，远处高贵挺拔的银杏树、苍劲有力的独臂将军柏，与恢宏大气的古建筑相得益彰，在蓝天白云的衬托下，愈发显得肃穆与神圣，一砖一瓦都在诉说着久经沧桑的从容与淡定。

就是在这样的环境里，史铁生开启了他的哲思之旅。地坛对史铁生来讲，就像是一个精神的圣殿，这里记录着他琐碎的过往，埋藏着他悠远的记忆，沉淀着他深邃的思考，尘封着他无言的苦痛。1973年4月，在经历了一年多的住院之后，史铁生终于可以出院了，当然，并不是痊愈出院，而是回家疗养。这时的史铁生，从一个朝气蓬勃、活蹦乱跳的小伙子一下子变成了一个无法行走、走路都要依靠别人帮助的残疾人。命运似乎抛弃了史铁生，既没有让他死，也没有让他重新站起来。在几次自杀都没有成功后，史铁生终于接受了下半辈子都要与轮椅为伴的事实。家人的无私付出，朋友们的热情帮助，让史铁生再次感受到了世界的温暖。面对关心自己的众人，不愿给人添麻烦的他心有愧疚，决定至少要再努力活一活。

由于行动不便，史铁生的活动范围大大缩小，家中那间不足六平方米的小屋几乎就是他世界的全部。尽管史铁生曾暗暗发誓，“这辈子就在屋里看书，哪儿也不去了”[①]，然而，当家人劝说着把他抬到院子里时，“一见那青天朗照、杨柳和风，决心即刻动摇”[②]。无疑，窗外的世界是充满诱惑的，朋友们来看他时带来了大千世界的种种消息。邻居朱二哥亲手绘制了一辆轮椅的图纸，父亲满城里奔波找人为他定制了一辆用自行车改装的代步轮椅，母亲专门赶制了舒适的坐垫，终于，史铁生有了新的“双腿”，可以“走”出家门散散心。

地坛，便是在这个时候走入了史铁生的文学生命。

史铁生在好几篇作品中都提到过一座废弃的古园，实际上就是地坛。地坛位于北京市安定门外不远处，是古代帝王祭祀时的祭坛，以前是皇家御用的场所，始建于明代，距今已有将

①② 史铁生．扶轮问路//史铁生作品全编：第9卷．北京：人民文学出版社，2017：22.

近500年的历史。园内古迹众多，视野开阔，参天古柏树冠遮天蔽日，蓊蓊郁郁，许多树木的树龄甚至都超过了400年，历经沧桑，仍然屹立不倒。新中国刚成立时，旅游业还并不像如今这般发达，这座古老的园子一度荒芜冷清得如同一片野地，很少有人前来。用史铁生的话说，它似乎在等着一个人。冥冥中，地坛注定了与史铁生的不解之缘。

地坛离史铁生家很近，平日里人烟稀少，到处都是参天大树和锈迹斑斑的古建筑，风吹檐铃，草动虫鸣，雨过空林，蜂飞蝶舞，跃动的小松鼠偶尔窜出，夏日里蛐蛐和鸣蝉的叫声此起彼伏，时不时还有鸟鸣传来，无论是冥想还是散心，都是绝佳的场所，因此也成为了史铁生经常光顾的地方。走在园子里，时光就仿佛停在了某个瞬间，风云变幻和世事无常都与自己无关，那虬结缠绕的古树，在漫长的岁月里愈发苍翠。在这里，每一棵树、每一株草都是那样宁静沉稳，安详又亲切。对于一个失落的年轻人来说，地坛就像大地母亲一双温暖的手，向他抛出了橄榄枝。“我常觉得这中间有着宿命的味道：仿佛这古园就是为了等我，而历尽沧桑在那儿等待了四百多年。”[①]从史铁生出生算起的400多年前，地坛就坐落在那儿了，几十年来，史铁生一家虽几次搬家，但搬来搬去不仅没有

---

① 史铁生．我与地坛//史铁生作品全编：第6卷．北京：人民文学出版社，2017：35.

远离它，反而越来越靠近了，这是一种难以言说的缘分。

在《我与地坛》中，史铁生这样描述自己与地坛的渊源：

它等待我出生，然后又等待我活到最狂妄的年龄上忽地残废了双腿。四百多年里，它一面剥蚀了古殿檐头浮夸的琉璃，淡褪了门壁上炫耀的朱红，坍圮了一段段高墙又散落了玉砌雕栏，祭坛四周的老柏树愈见苍幽，到处的野草荒藤也都茂盛得自在坦荡。这时候想必我是该来了。十五年前的一个下午，我摇着轮椅进入园中，它为一个失魂落魄的人把一切都准备好了。那时，太阳循着亘古不变的路途正越来越大，也越红。在满园弥漫的沉静光芒中，一个人更容易看到时间，并看见自己的身影。

自从那个下午我无意中进了这园子，就再没长久地离开过它。①

的确，自从史铁生摇着轮椅艰难地踏进地坛那一刻开始，他就再也没有离开过它。史铁生与地坛注定是一生的缘分。这座荒芜的古园在历史中静静地等待了几百年，终于等来了一个人，愿意探寻它尘封的过往，触摸它古老的脉搏，日复一日，年复一年，久久不曾离开。苍松翠柏、飞鸟鸣虫、晨钟朝阳、

① 史铁生．我与地坛//史铁生作品全编：第6卷．北京：人民文学出版社，2017：35.

云卷云舒、晚霞薄暮、落日余晖，这里的一切都那么静谧。在熙熙攘攘的城市里，有这样一个宁静的角落来思考、来沉淀，像是上帝的苦心安排，也是命运的馈赠。在人生处于低谷时，地坛用它博大的胸怀接纳了史铁生，心疼他的过往，懂得他的悲欢，触发了他悠远的思考，给了他重生的希望。地坛，无异于一个寻魂之地，可以说，没有地坛的默默陪伴，史铁生很难走出人生的阴霾。

说不尽的地坛

提起史铁生，大多数读者首先想到的便是《我与地坛》。这篇饱含深情的散文发表于1991年，是史铁生成名作，也是他的代表作之一，发表之后立刻引起了人们的关注。这篇长达15 000字左右的散文充满哲思又极为人性化，通过讲述自己在地坛中的所见所闻、所遇所感，表达了对命运、对人生的感悟。这是一篇令人反思的优秀文章。文章的第一部分和第二部分被选入了北师大版、沪教版、粤教版以及人教版等多个版本的高中教材中。这两部分注重讲述作者对于生命、苦难、亲情、荣辱的看法，以及怎样看待生命中的苦难、怎样理解母爱。地坛只是一个引发思考的载体，而文章的本质却是表现一个绝望之人如何敬畏生命、寻求希望，在探寻生命意义的过程中也表达了对母亲的深切思念。

《我与地坛》是一部文学抒情曲，虽然没有交响乐的恢宏激昂，也没有史诗或歌剧的荡气回肠，却有着迷人的节奏与音符；同时，它也是一部灵魂的忏悔录，是与心灵的一次真诚对话和自我拷问。它的美，不在于华美的词藻和引人入胜的情节，而在于质朴的情感和深邃的思考。它用看似平凡的文字讲述着生死的奥妙，如一位智慧的老人，宠辱不惊，娓娓道来，在如今浮躁的社会氛围里如一股清新的空气。

"春天是祭坛上空漂浮着的鸽子的哨音，夏天是冗长的蝉歌和杨树叶子哗啦啦地对蝉歌的取笑，秋天是古殿檐头的风铃响，冬天是啄木鸟随意而空旷的啄木声。"[①]这是史铁生对于地坛的印象。在史铁生的眼里，地坛的四季有着不同的韵味。15年的光阴，史铁生在这个园子里徘徊了15个春秋，思索了15个春秋。陪伴他的，还有他的轮椅。那么，这座废弃的古园究竟有何种魅力，竟能吸引史铁生日日前来？面对着满园的苍松古柏，他悟到了什么？地坛对于他而言又意味着什么？

地坛意味着沉静，这片庄严肃穆、空旷宁静的园子给了史铁生绝佳的思索空间，成为一处能够放空自己的园地。它像一个温柔的母亲，拥抱着这个不幸的孩子，听他哭泣，安抚他的情绪，陪他远离喧嚣的人群。在《想念地坛》中，史铁生写道："想念地坛，主要是想念它的安静。坐在那园子里，坐在不管它的哪一个角落，任何地方，喧嚣都在远处。近旁只有荒藤老树，只有栖居了鸟儿的废殿颓檐、长满了野草的残墙断壁，

① 史铁生．我与地坛//史铁生作品全编：第6卷．北京：人民文学出版社，2017：41.

暮鸦吵闹着归来，雨燕盘桓吟唱，风过檐铃，雨落空林，蜂飞蝶舞草动虫鸣……四季的歌咏此起彼伏从不间断。地坛的安静并非无声。”[①]地坛的安静，并不是与世隔离，而是与生命、与世界更亲切地对话。这里没有喧嚣的人声，没有琐事的烦恼。对刚刚残疾的史铁生来说，无人打扰便是最动人的温柔。在这里，史铁生同古树对视，与虫鸟对话，静静地舔舐着自己的伤口，走过了一个又一个春夏秋冬，在光阴里看到了自己的影子。

地坛意味着希望，它像一个无言的伴侣，坚定地站在失落者的身边，给他慰藉，给他希望。古朴幽雅的地坛为史铁生提供了良好的休养环境，这里的一切是那样沉默，一切却又是那样生动。它荒芜，却并不衰败，暗地里喷发着勃勃生机。“蜂儿如一朵小雾稳稳地停在半空；蚂蚁摇头晃脑捋着触须，猛然间想透了什么，转身疾行而去；瓢虫爬得不耐烦了，累了，祈祷一回便支开翅膀，忽悠一下升空了；树干上留着一只蝉蜕，寂寞如一件空屋；露水在草叶上滚动，聚集，压弯了草叶轰然坠地摔开万道金光。”[②]很难想象，这样灵动的文字出自一个落魄的少年笔下。在他的眼中，地坛犹如一个神奇的世界，被雷

---

① 史铁生．想念地坛//史铁生作品全编：第8卷．北京：人民文学出版社，2017：295.

② 同①36.

电击倒的树木或许会枯木逢春，迷路的小虫子在下一刻就有可能"山重水复疑无路，柳暗花明又一村"，万物以其独有的能量上演着生生不息的神话，每一个轮回都蕴含着无限的传奇。"满园子都是草木竞相生长弄出的响动，窸窸窣窣窸窸窣窣片刻不停。"[①]在这里，他看到了生命更多的可能性，也领略到了人世的无常。是地坛，给予了史铁生辩证思考的勇气，让他接纳了生命的不完美；是地坛，容纳了史铁生漫游的心魂，呵护着史铁生敏感脆弱的心灵；是地坛，成就了史铁生式的哲思方式，重新点亮了史铁生生命的火花。

地坛意味着平和，它像一个慈悲的老者，默默地守护着来此散心的人们。它从历史中走来，经历了千百年的沧桑，放弃了昔日的荣华，雕栏玉砌应犹在，物是人非话悲欢。地坛用它的广博与深沉告诉人们：天道轮回乃自然规律，万物都有自己的宿命，物极必反、否极泰来，无论生活多么不如意，都要坦然接纳。地坛那云淡风轻、气定神闲的格调正是史铁生心向往之的气质。是地坛，教会了史铁生宠辱不惊，让那个曾经冲动、迷茫的少年成为一个稳重、温暖的智者。

地坛意味着归零，它像一块圣洁的净土，为每一位朝圣者提供了一个心灵的港湾，去寻找生命原初的状态，去接纳自

① 史铁生．我与地坛//史铁生作品全编：第6卷．北京：人民文学出版社，2017：36.

己的平凡，在窸窣虫鸣中感受万物轮回所带来的震撼心灵的力量。在这里，你可以一次次地放空自己，一次次地投靠安静，一次次地走回生命的起点；每当面临生命的疑难，你可以肆无忌惮地向灵魂企盼，去找寻答案，最终发现，生命的意义在于创造过程中的精彩。

地坛意味着永恒，它像一座屹立不倒的丰碑，在千万年的时光里镇定自若，历经无数严冬酷暑仍然不为浮光掠影所迷惑。在那园中成年累月地待着，在亘古不变的时空中眺望来时的路，叹宇宙之茫茫，念生命之无穷，把一切污浊、阴暗抛诸脑后，让生命在涅槃中永恒。正是这样平凡、普通却又顽强、隐忍的生命存在方式赋予了史铁生无限的力量。只在片刻之间，“我一下子就理解了它的意图”①。

在地坛里，有一些人和史铁生一样，也是这里的常客。15年的时光里，史铁生也见证了他们的故事。他们当中，有相互搀扶的老夫妻，有热爱唱歌的小伙子，有热衷于长跑的中年人，有漂亮却有智力障碍的小姑娘，有喜欢饮酒的老头，有耐心捕鸟的汉子，有优雅知性的女工程师。在他们身上，史铁生亲眼看到了岁月变迁的痕迹，看到了人生聚散的无常，看到了祸福相倚的无奈，看到了上帝造物的不公，看到了追逐梦想的

---

① 史铁生．我与地坛//史铁生作品全编：第6卷．北京：人民文学出版社，2017：36.

执着，看到了不因时光褪色的爱情。他渐渐地相信了宿命，接受了命运的差别与不公，正视苦难，尊崇平凡。他感叹道："我常以为是丑女造就了美人。我常以为是愚氓举出了智者。我常以为是懦夫衬照了英雄。我常以为是众生度化了佛祖。"[①]这样的生命哲思，已经明显具有了史铁生的思想风格。

史铁生与地坛，在同一时空里再次相遇，相互接纳，见证了对方的转变，成就彼此的辉煌。地坛，作为一个地理意义上的存在空间，同时也是专属于史铁生的精神家园；地坛，给了史铁生一个难得的心灵栖息地，在他最无助、最难过的时光里，始终没有抛弃他，为他点燃了前行的灯塔；地坛，像一个补给站，源源不断地为史铁生加油鼓气。地坛的存在，不仅造就了史铁生思考人生与命运的独特方式，开启了他生命中的另一维度，同时也给予了史铁生智慧与力量，成就了他在文学史上的地位。

而史铁生也是地坛的贵人，他的存在让这座废弃的古园重新焕发了生机。在长年累月的时光里，史铁生用他深邃的思考，让这座本不起眼的古园逐渐重新回到大众的视野中，也赋予了它精神家园般的意义。如今，随着旅游业的蓬勃发展、文化事业的不断繁荣，知道史铁生的人越来越多，向往地坛的人

① 史铁生．我与地坛//史铁生作品全编：第6卷．北京：人民文学出版社，2017：48.

也持续增长。来地坛旅游的人络绎不绝，人们在地坛里瞻仰古迹，追忆两代王朝曾经的兴衰，拍照、游乐，沿着史铁生当年轮椅压过的路漫步，感悟那一份深沉的生命之思。

站在地坛公园门前，门壁上朱红色的彩漆依旧亮丽，金黄色的门钉在阳光下发出炫目的光芒。只有大门右侧的门牌上，经过多次翻修，依稀可见史铁生照片中“地坛公园”的影子。红色的院墙整整齐齐向两侧延伸，如天然木雕一般的遒劲古柏仍随处可见，野草和荒藤早已被维护人员清理干净。园子里的水泥路四通八达，大多数地方都是人来人往，热闹非凡。只有一些偏僻处人烟稀少，不失为吊古凭今的好去处。地坛，早已褪去了它颓废、陈旧的外衣，在新时代换上了夺目的霓裳。它400多年前就在这里，等待过史铁生，如今，又以它崭新的面貌等待着世人。究竟是在哪一棵树下，那个风华正茂却不幸残疾的年轻人参悟了生死的奥秘？又是在哪一个屋檐下，倔强的儿子躲避着母亲焦急找寻的目光？在哪一个瞬间，落魄的生命重新焕发出光彩？已不得而知。板结的泥土中，早已没有了当年轮椅压过的车辙；喧嚣的人群里，再也听不到母亲追寻的脚步。此情此景，不禁让人有些失落。这早已不是那个可以推开外界嘈杂的地方，而是一处旧貌换新颜的人民公园，要想在其中寻一处无人之地还真是不容易。百年古树郁郁葱葱，树冠遮天蔽日，蝉虫鸣鸟活力依旧，一切都像史铁生笔下所描述的那样，静谧安详却又生机勃勃，甚至文中所写的那些人物形象仍然鲜活。但这位饱经风霜，身体经受了巨大的痛苦的作家史铁生先生却离开了；地坛早已不是史铁生的地坛，而是大家的公园。今人到地坛，或是健身放松，或是开嗓遛鸟，或是参观游玩，早已没了史铁生当时的那份心境，像史铁生那样反复思考、真正能感悟到地坛所承载的那份厚重的人也不多了。因为懂得，所以珍惜。地坛的意义，对于史铁生而言倍加珍贵，因为他才是那个第一人；而大多数人，只是看热闹的过客。史铁生是地坛的知音；地坛，是史铁生一个人的地坛。

在这个古园子里，史铁生一直在探索纠结着三个问题：要不要去死？为什么而活？为什么要写作？他给出的答案是："一个人，出生了，这就不再是一个可以辩论的问题，而只是

史铁生在地坛门口留念

上帝交给他的一个事实；上帝在交给我们这件事实的时候，已经顺便保证了它的结果，所以死是一件不必急于求成的事，死是一个必然会降临的节日。”[①]这是他对第一个问题的回答。至于为什么而活，他没有给出确切的答案，他认为，“这却不是在某一个瞬间就能完全想透的，不是能够一次性解决的事，怕是活多久就要想它多久了，就像是伴你终生的魔鬼或恋人”[②]，还幽默地说道：“活着的问题在死前是完不了的”[③]，可以说，他的一生都在回答这个问题。为了梦想？为了家人？为了实现自己的价值？似乎都难以囊括。倒不如说，是为了探索这个问题的答案而活，因为这个问题本身就充满了挑战与未知。至于为什么要写作，他的回答是“活着不是为了写作，而写作是为了活着”[④]。在这里，他用自己独特的思考完成了自我救赎。

地坛，更多程度上已经化为一个精神标杆。它不再是一个具体的地点，也不是一个虚无的名词，而是一种信仰、一个永恒的坐标、一处破解人生困境的场域。当年，史铁生在地坛中无数次地追问自己：“我是谁？”“我在哪里？”“我要到哪里

① 史铁生．我与地坛//史铁生作品全编：第6卷．北京：人民文学出版社，2017：36.

② 同① 37.

③ 同① 51.

④ 同① 50.

去？”“我能干什么？”“我真的存在吗？”“我在地坛吗？”“还是地坛在我？”最开始，他还存有怀疑，自己和地坛的关系还没有那么明朗。最终，他明白了地坛所带给他的意义。因此，史铁生说：“我已不在地坛，地坛在我。”[①]的确，他已经不再需要去地坛中寻找宁静了，而是会在宁静中寻找地坛，寻找那个曾经带给他感动、带给他希望、带给他智慧的园地。他已然强大到可以在心中构筑一处力量之源，不需要借助外界的力量。

【经典品读】

《我与地坛》中描写史铁生去地坛原因的片段

十五年中，这古园的形体被不能理解它的人肆意雕琢，幸好有些东西是任谁也不能改变它的。譬如祭坛石门中的落日，寂静的光辉平铺的一刻，地上的每一个坎坷都被映照得灿烂；譬如在园中最为落寞的时间，一群雨燕便出来高歌，把天地都叫喊得苍凉；譬如冬天雪地上孩子的脚印，总让人猜想他们是谁，曾在哪儿做过些什么，然后

① 史铁生．想念地坛//史铁生作品全编：第8卷．北京：人民文学出版社，2017：299.

又都到哪儿去了；譬如那些苍黑的古柏，你忧郁的时候它们镇静地站在那儿，你欣喜的时候它们依然镇静地站在那儿，它们没日没夜地站在那儿，从你没有出生一直站到这个世界上又没了你的时候；譬如暴雨骤临园中，激起一阵阵灼烈而清纯的草木和泥土的气味，让人想起无数个夏天的事件；譬如秋风忽至，再有一场早霜，落叶或飘摇歌舞或坦然安卧，满园中播散着熨帖而微苦的味道。味道是最说不清楚的，味道不能写只能闻，要你身临其境去闻才能明了。味道甚至是难于记忆的，只有你又闻到它你才能记起它的全部情感和意蕴。所以我常常要到那园子里去。

（史铁生. 我与地坛//史铁生作品全编：第6卷. 北京：人民文学出版社，2017：37.）

我想，地坛，也仅仅是史铁生的地坛，因为是他，赋予了这座古园独特的、专属于他的意义。而我们，都是借助他的力量和智慧来感悟那份生命的沉重和不易。循着命运时而低沉、时而欢快、时而缠绵、时而悲怆的唢呐声，在穿越古今、亘古不变的声响里，一个人更容易找到自己的身影。或许，每个人心中都应该有属于自己的“地坛”，在那个内心的园子里，每当浮躁空虚的时候，跨过那道虚空中的界线，感受命运的浅吟低唱中所蕴含的悲壮力量，思考自己为何而来、将往何处去。

或许，这就是史铁生的价值，是他引导着我们去追寻生命的意义。无法忘记，初读《我与地坛》时的那份感动与震撼；无法忘记，走在地坛公园里时那种历史的沧桑感和生命的厚重感；更无法忘记，曾经有一个承受了命运种种苦难的人，在这里留下了他的道道车辙，也留下了他对于生命的精彩感悟。这种难以言表的感动与力量，就是史铁生经典意义之所在。有人说，纪念一个作家最好的方式，不是举办各种怀念仪式，也不是哭泣与赞美，而是反复阅读他留下的作品。他笔墨之间挥洒出来的文字、不向命运低头的精神，以及他和地坛的故事，永远带给我们温暖与鼓励。我想，史铁生就是这样一个值得反复阅读的作家，正如他笔下的太阳，"它每时每刻都是夕阳也都是旭日。当它熄灭着走下山去收尽苍凉残照之际，正是它在另一面燃烧着爬上山巅布散烈烈朝晖之时"[①]。史铁生走了，他的文学不会走；史铁生走了，地坛也必将从此孤独。

---

① 史铁生．我与地坛//史铁生作品全编：第6卷．北京：人民文学出版社，2017：53.

【我来品说】

1. 从上文的分析中，你是否能总结出：地坛对于史铁生有着怎样的意义？

2. 你认为史铁生“常常要到那园子里去”的原因是什么？“幸好有些东西是任谁也不能改变它的”，这些东西指什么呢？

3. 在你的生命中，有哪些特殊的地点对你触动很大吗？你能仿照史铁生《我与地坛》《想念地坛》中的文字，写写你的故事吗？

第四章 『合欢树』下的思念

导读

亲情、友情、爱情几乎始终是贯穿史铁生创作的主题。他的一生是苦难的一生，也是被爱包围的一生，奶奶、母亲、妻子、妹妹、朋友们都在他的生命中扮演着重要角色。史铁生创作了许多记事怀人的文章，其中分量最重的要数关于母亲和奶奶的了，为什么他在作品中多次写到母亲和奶奶呢？这两位亲人对他的创作产生了怎样的影响呢？本章将带你一起探寻。

“如果可能，如果有一块空地，不论窗前屋后，要是能随我的心愿种点儿什么，我就种两棵树。一棵合欢，纪念母亲。一棵海棠，纪念我的奶奶。”[1]史铁生在散文《老海棠树》中，深情地写下了这样的句子。实际上，他的作品中不止一次写到母亲和奶奶，这两位亲人给他的爱贯穿了他的一生。在这两位亲人身上，他看到了爱的模样，也尝到了悔的滋味。

① 史铁生．老海棠树//史铁生作品全编：第8卷．北京：人民文学出版社，2017：254.

母亲：无法面对的秋天

高尔基曾经说过，“世界上的一切光荣和骄傲，都来自母亲”。母亲对史铁生的人生和创作都有非常重要的影响。史铁生说，他为母亲而写作。他最初创作的缘由是为了想让母亲高兴。1981年，史铁生创作了第一篇怀念母亲的散文《秋天的怀念》，最初发表于《南风报》上。那一年，史铁生30岁，母亲已经去世整整四年。1985年，史铁生又发表了另外一篇怀念母亲的散文《合欢树》。这两篇文章先后被选入中小学语文课本当中，几十年来在各大版本的教材中始终占有一席之地。那篇感动了几代人的散文名篇《我与地坛》中，也有一节是回忆母亲的。此外，史铁生创作的许多小说、散文、随笔、剧本中，几乎都有母亲的影子。史铁生的一生是不幸的，人生大半时间都在与疾病抗争；史铁生的一生也是幸运的，他有一个爱他的母亲，从母亲那里，他感受到了世间最无私的爱，学会了坚强与付出。在随笔《好运设计》中，他写下了这样的话：“一个幸运者的母亲必然是一个幸运的母亲，一个明智的母亲，一个天才的母亲，她自打当了母亲她就得了灵感，她教育你的方法不是来自于教育学，而是来自她对一切生灵乃至天地万物由衷的爱，由衷的颤栗与祈祷，由衷的镇定和激情。”[1]尽管命运给他的处处是阴霾，但他的作品却没有任何阴冷之气，反而充满了纯净的凝思、宁静的倾诉和深沉的爱意，这与母亲对他的影响是分不开的。

命运待他不公，他却能始终怀着赤子之心，热爱这给予了他太多痛楚的世界。他的作品中，“孩子”的意象屡屡出现，与母亲有着不可分割的关系。孩子代表迷茫，代表依赖，代表希望；母亲则是守护者、引导者、激励者。史铁生把人看成来世间玩耍的孩子：人生不过一场游戏，每个人都是上帝抛到人间的骰子，都在扮演着各自的游戏角色，等到玩累了，便随着母亲的召唤和时间告别、和玩伴儿告别、和尚未完成的游戏告别。意大利诗人但丁说：“世界上有一种最美丽的声音，那便是母亲的呼唤”。在史铁生那里，死神的降临也宛如母亲的呼唤。1998年，身患尿毒症的史铁生写下了这样的话：“现在我常有这样的感觉：死神就坐在门外的过道里，坐在幽暗处，凡人看

① 史铁生．好运设计//史铁生作品全编：第6卷．北京：人民文学出版社，2017：59-60.

幼年的史铁生与母亲

不到的地方，一夜一夜耐心地等我。”[①]用他自己的话说，“也许是我妈在叫我回去了”。只有濒临过死亡的人，才会参透生死；对待死亡，不再那么绝望，而是将其看成妈妈的召唤，多了一份从容和坦然。死亡的恐怖在他那里得到了消解，更多了一份从容，这也是母爱给他的智慧。

史铁生瘫痪后，母亲不厌其烦地去求人，想给儿子找份能干的工作，一次次受人冷眼，却又一次次重新来过，整整跑了八年。为了史铁生的腿，母亲开始有了白发，她全副心思都花在给儿子治病上，到处打听偏方，洗、熏、灸、敷，能试的

① 史铁生．轻轻地走与轻轻地来//史铁生作品全编：第8卷．北京：人民文学出版社，2017：167.

方法几乎都试过了。她每次都满怀希望，每一次失败后又都能迅速燃起希望。知子莫若母，母亲深深了解儿子的个性：对史铁生来讲，残疾意味着他再也不能和正常人一样能跑能跳，这种打击不仅是身体上的疼痛、心灵上的自卑，更是尊严上的缺失。在母亲眼里，儿子即便残疾了，仍然是她疼爱的孩子，他能写字、会画画，能胜任很多工作。对他人来讲，这个20多岁的残疾青年却是一个累赘、一个需要靠社会照顾的废人。史铁生在散文《庙的回忆》中回忆了母亲为他找工作时的细节：

那时，我仍然没头没脑地相信，最好还是要有一份正式工作，倘能进一家全民所有制单位，一生便有了倚靠。母亲陪我一起去劳动局申请。我记得那地方廊回路转的，庭院深深，大约曾经也是一座庙。什么申请呀简直就像去赔礼道歉，一进门母亲先就满脸堆笑，战战兢兢，然后不管抓住一个什么人，就把她的儿子介绍一遍，保证说这一个坐在轮椅上的孩子其实仍可胜任很多种工作。那些人自然是满口官腔，母亲跑了前院跑后院，从这屋被支使到那屋。我那时年轻气盛，没那么多好听的话献给他们。最后出来一位负责同志，有理有据地给了我们回答："慢慢再等一等吧，全须儿全尾儿的我们这还分配不过来呢！"此后我不再去找他们了。再也不去。但是母亲，直到她去世之前还在一趟一趟地往那儿跑，去之前什么都不说，疲惫地回来时再向她愤怒的儿子赔不是。我便也不再说什么，但我知道她还会去的，她会在两个星期内重新积累起足够的希望。[①]

秋天，是萧索的季节，也是收获的季节，对史铁生来讲，却是失去与悔悟的季节。1977年的一个秋日，史铁生的母亲被邻居们抬上了车。这一次，儿子终于答应出去走走，而她，却再也不能陪儿子去北海看花了。身患肝癌的母亲猝然离世，年仅49岁。母亲走得突然，妹妹还年少，是父亲独自将母亲安葬。“巨大的灾难让我们在十年中都不敢提起她，甚至把墙上她的照片也收起来，总看着她和总让她看着我们，都受不了。才知道越大的悲痛越是无言：没有一句关于她的话是恰当的，没有一个关于她的字不是恐怖的。”[②]史铁生在散文《复杂的必要》中，深情地诉说着对母亲的思念，一家人虽都不愿意提起，但无一不在思念着母亲。他回忆了母亲去世十年后一家三口去寻找母亲坟墓的情景。在那个年代，普通百姓是不可能有一座坟的。母亲去世后，火葬深埋，没有立墓碑，最初凭印象

① 史铁生．庙的回忆//史铁生作品全编：第8卷．北京：人民文学出版社，2017：211.

② 史铁生．复杂的必要//史铁生作品全编：第6卷．北京：人民文学出版社，2017：267.

记得不是很确切的坟址上也盖起了新房，再无母亲的痕迹，“心里却空落得以至于疼”①。这篇文章中，史铁生对母亲的简葬十分心痛：

纪念的习俗或方式可以多样，但总是要有。而且不能简单，务要复杂些才好。复杂不是繁冗和耗费，心魂所要的隆重，并非物质的铺张可以奏效。可以火葬，可以水葬，可以天葬，可以树碑，也可为死者种一棵树，甚或只为他珍藏一片树叶或供奉一根枯草……任何方式都好，唯不可一味地简单。任何方式都表明了复杂的必要。因为，那是心魂对心魂的珍重所要求的仪式，心魂不能容忍对心魂的简化。②

他在意的，并不是形式的复杂，而是曾经爱过的生命就这样消逝，心魂无人对话。因此，复杂有时意味着一份对生命的敬畏、对天道自然的理解、对有恒的传承。要有多大的悲伤，才能十年的时间都不曾去祭拜过几次逝者？除了悲伤，还有后悔。

---

① 史铁生．复杂的必要 // 史铁生作品全编：第 6 卷．北京：人民文学出版社，2017：267.

② 同① 268.

【经典品读】

《我与地坛》中描写母亲背影的段落

曾有过好多回，我在这园子里待得太久了，母亲就来找我。她来找我又不想让我发觉，只要见我还好好地在这园子里，她就悄悄转身回去，我看见过几次她的背影。我也看见过几回她四处张望的情景，她视力不好，端着眼镜像在寻找海上的一条船，她没看见我时我已经看见她了，待我看见她也看见我了我就不去看她，过一会儿我再抬头看她就又看见她缓缓离去的背影。我单是无法知道有多少回她没有找到我。有一回我坐在矮树丛中，树丛很密，我看见她没有找到我；她一个人在园子里走，走过我的身旁，走过我经常待的一些地方，步履茫然又急迫。我不知道她已经找了多久还要找多久，我不知道为什么我决意不喊她——但这绝不是小时候的捉迷藏，这也许是出于长大了的男孩子的倔强或羞涩？但这倔强只留给我痛悔，丝毫也没有骄傲。我真想告诫所有长大了的男孩子，千万不要跟母亲来这套倔强，羞涩就更不必，我已经懂了可我已经来不及了。

（史铁生．我与地坛//史铁生作品全编：第6卷．北京：人民文学出版社，2017：40.）

对于母亲的死，史铁生始终背负着深深的悔意。他怨恨自己没有早点发现母亲的病，恨自己自私，只顾着自己的痛苦，完全没有感受到母亲的难过；更恨自己没能早日振作起来，让母亲放心，以致她含恨而终，昏迷前最后一句话还是“我那个有病的儿子和我那个还未成年的女儿”[①]。在《我与地坛》中，史铁生花了整整一章的篇幅来回忆母亲，字里行间流露着对于自己当年任性倔强的悔恨。其中的片段感人至深。同样是描写亲人的背影，史铁生笔下的母亲的背影与朱自清笔下的父亲的背影显得格外不同。当年小孩子般任性、偏激、不懂事的史铁生心态比较敏感，又无处发泄，于是故意躲避母亲的寻找，在一个角落里眼睁睁地看着她担心，带有一种宣泄甚至施虐的心理。他不想承认自己的缺陷，尤其不想处于保护之下，越是亲近的人伤害起来越肆无忌惮。多年以后，当听到身边的人无意中说起“这个园子真大呀”时，他才意识到，儿子的苦难在母亲那里是加倍的，有过自己车辙的地方也必然有过母亲的脚印，而当年的自己是那么自私。因此，史铁生满怀愧疚地告诫年轻人，不要等到子欲养而亲不待时再追悔莫及。

母亲的去世，是史铁生真正从自暴自弃走出来的开始，他不再仅仅沉溺于自己的悲伤，逐渐开始关心周围人的感受，慢

① 史铁生．秋天的怀念//史铁生作品全编：第6卷．北京：人民文学出版社，2017：2.

慢去面对人生的不幸，进而发现所有人都是“残疾”的。史铁生21岁起双腿瘫痪，失去行走能力，在最狂妄的年纪被命运狠狠地开了一个残酷的玩笑。从延安病退回北京后，他再也没能站起来。刚开始，他还能坐着轮椅在北京新桥街道工厂工作，后因病情加重回家疗养。在死亡阴影的笼罩下，没能死成的史铁生决定再试着活一活。残疾人想找一份正常的工作是非常困难的，从医院回来后四处碰壁的史铁生变得越来越暴躁，母亲不忍心看他一直沉沦下去，为他的工作四处奔走，操碎了心。而史铁生并不知道，此时母亲的肝病已经病入膏肓，母亲常常疼得整夜整夜睡不着觉，但她强忍着病痛照顾儿子，还鼓励他好好活下去。

【经典品读】

《秋天的怀念》中描写母亲的段落

双腿瘫痪后，我的脾气变得暴怒无常。望着望着天上北归的雁阵，我会突然把面前的玻璃砸碎；听着听着李谷一甜美的歌声，我会猛地把手边的东西摔向四周的墙壁。母亲就悄悄地躲出去，在我看不见的地方偷偷地听着我的动静。当一切恢复沉寂，她又悄悄地进来，眼边红红的，看着我。“听说北海的花儿都开了，我推着你去走走。”

她总是这么说。母亲喜欢花，可自从我的腿瘫痪后，她侍弄的那些花都死了。“不，我不去！”我狠命地捶打这两条可恨的腿，喊着：“我可活什么劲！”母亲扑过来抓住我的手，忍住哭声说：“咱娘儿俩在一块儿，好好儿活，好好儿活……”

可我却一直都不知道，她的病已经到了那步田地。后来妹妹告诉我，她常常肝疼得整宿整宿翻来覆去地睡不了觉。

那天我又独自坐在屋里，看着窗外的树叶刷刷啦啦地飘落。母亲进来了，挡在窗前：“北海的菊花开了，我推着你去看看吧。”她憔悴的脸上现出央求般的神色。“什么时候？”“你要是愿意，就明天?”她说。我的回答已经让她喜出望外了。“好吧，就明天。”我说。她高兴得一会儿坐下，一会儿站起：“那就赶紧准备准备。”“哎呀，烦不烦？几步路，有什么好准备的！”她也笑了，坐在我身边，絮絮叨叨地说着：“看完菊花，咱们就去‘仿膳’，你小时候最爱吃那儿的豌豆黄儿。还记得那回我带你去北海吗？你偏说那杨树花是毛毛虫，跑着，一脚踩扁一个……”她忽然不说了。对于“跑”和“踩”一类的字眼，她比我还敏感。她又悄悄地出去了。

她出去了，就再也没回来。

（史铁生．秋天的怀念//史铁生作品全编：第6卷．北京：人民文学出版社，2017:1-2.）

《秋天的怀念》是史铁生怀念母亲的又一篇力作，在这篇不到千字的散文中，史铁生平静地回忆了母亲生前为了让自己振作起来所作的努力。在去北海看菊花这样看似平凡的小事中，蕴含着母亲全部的希望和巨大的欣喜。史铁生通过回忆母亲对自己的爱，也诉说了自己对母亲的爱。全文风格深沉凝重、感情含蓄内敛，不见一句抒情的言语，读来却感人泪下。母亲的一言一行都渗透着对儿子深深的爱。她体谅儿子的喜怒无常，小心翼翼地呵护着他脆弱、敏感的心，生怕勾起他一丁点儿关于行走的回忆；她记得儿子的一切喜好，哪怕儿子再也不是以前那个活蹦乱跳、乖巧听话的孩子；她用尽办法逗儿子开心，鼓励他好好活着；她把自己的病情死死地瞒住儿子，直到生命的最后一刻想着的还是一双儿女今后该如何生活。通过这篇文章，我们能感受到的，不仅仅是细腻的母爱、作者对母亲的怀念与悔恨，更多的是史铁生对于生命和生活重新燃起的希望与信念。全文氤氲着淡淡的哀伤，饱含深情的哀思，也流露着对未来的希冀。正是这种厚重的底蕴，使得文章超越了一般散文的境界，化悲痛为力量，上升到一种悲壮的境界，这也是这篇散文最动人之处。

关于"仿膳"和仿膳饭庄

清朝覆灭后，皇宫里的御厨也流落到民间开了饭馆，他们所做的菜式仿照清宫的御膳，因此称为"仿膳"。北海公园北岸的仿膳饭庄以宫廷菜著称，多年来先后接待了多位党和国家领导人以及重要外宾。仿膳饭庄这家老字号的牌匾，是由老舍题写的。新中国成立后，仿膳饭庄的领导想请一位名人为饭庄题写个店名，原本想请郭沫若来题写，可郭老觉得自己的字太草，不适合古典风格的饭庄，一般群众也不认识，因此建议请字写得比较规矩工整而且又是旗人的老舍先生题写。北海公园北岸还有一家北海餐厅，是个大众食堂，也是求老舍先生题的匾。牌匾悬挂出来之后，老舍先生听到了这样的议论：怎么北海两处饭馆都是老舍一个人题名？这家伙一定嗜吃。老舍先生听后，很诙谐地说："得，以后甭再为饭馆题匾了。"果然，老舍先生一生也仅为仿膳饭庄这一家商号提过字。"文革"期间，仿膳饭庄牌匾上老舍的署名被挖掉了，后来按照周总理的意愿又重新补上，现在还能依稀看出当年修补的痕迹。

史铁生的母亲美丽而好强，曾经还因为生了史铁生这么个“一层黑皮包着骨头的丑东西”伤心了好久。史铁生在散文《合欢树》中，还说到这样一件事：10岁的时候，他有一次在作文比赛中得了第一名，回到家便和母亲炫耀，不料母亲竟然也急着炫耀起自己小时候作文也很棒，老师甚至不相信那是她写的，还说那时候她“可能”还不到10岁，看到儿子故意装作不在意她的话还气得够呛。为人父母莫不是望子成龙。乍一看，对于儿子取得好成绩，史铁生的母亲第一反应不是表扬，竟然是拿自己小时候的表现和儿子一争高下，对于儿子的不屑还愤愤不平。仔细一想，母亲这一举动恰恰是一种自豪和欣慰的表现：儿子继承了自己的优点，对于十分要强的她来说无疑是值得高兴的，颇有“虎父无犬子”的优越感。同时，这一举动也反映出她很在意儿子对自己的看法。

这篇散文以时间为线索，开篇分别回忆了作者10岁、20岁、30岁的境遇和作者与母亲之间的故事。母亲爱花，自从儿子双腿残疾后，母亲便连花花草草也疏于侍弄了。一次偶然的机会，从路边带回来的合欢树苗竟然长出了新叶，母亲高兴坏了，认为是个好兆头，精心呵护，可见在母亲眼中，这株合欢已经是生命力和好运的象征。母亲去世后，合欢树竟然长大了，每年都开花，长到房子那么高。它会陪着老房子里刚出生的孩子长大，但是当年种下它的那位母亲却不在了。从这个意义上讲，合欢树寄托着史铁生对母亲深深的思念，也寄托着他对昔日美好时光的留恋、对母亲当年心情的感同身受：

我没料到那棵树还活着。那年，母亲到劳动局去给我找工作，回来时在路边挖了一棵刚出土的“含羞草”，以为是含羞草，种在花盆里长，竟是一棵合欢树。母亲从来喜欢那些东西，但当时心思全在别处。第二年合欢树没有发芽，母亲叹息了一回，还不舍得扔掉，依然让它长在瓦盆里。第三年，合欢树却又长出叶子，而且茂盛了。母亲高兴了很多天，以为那是个好兆头，常去侍弄它，不敢再大意。又过一年，她把合欢树移出盆，栽在窗前的地上，有时念叨，不知道这种树几年才开花。再过一年，我们搬了家，悲痛弄得我们都把那棵小树忘记了。[①]

合欢树的传说

合欢树又名绒花树，因白天开花、夜间成对相合，又名夜合欢。夏季开花，头状花序，合瓣花冠，雄蕊多条，淡红色。合欢花在我国是吉祥之花，自古以来人们就有在宅第园池旁栽

① 史铁生．合欢树//史铁生作品全编：第6卷．北京：人民文学出版社，2017：4-5.

种合欢树的习俗，寓意合家欢乐、邻人和睦。清人李渔说：“萱草解忧，合欢蠲忿，皆益人情性之物，无地不宜种之。……凡见此花者，无不解愠成欢，破涕为笑，是萱草可以不树，而合欢则不可不栽。”

传说古时泰山脚下一村中何员外晚年得一女，取名欢喜。此女天生丽质，不料18岁那年清明节到南山烧香，回来得了一种怪病，精神恍惚，茶饭不思，日渐消瘦。何员外贴出告示，重金酬谢能够医治小姐疾病者。西庄有位秀才，虽家境贫寒，却生得眉清目秀，天资聪慧，除了文才过人，还精通医道，为小姐诊病后，小姐病就好了大半，煎服了一种“有情树”的花

（供图 FRANK/视觉中国）

合欢树

后就痊愈了。后来，在小姐的资助下，秀才进京赶考，考中状元，两人喜结连理，人们便将这"有情树"唤作合欢树，花称为合欢花。

坚强、隐忍、善良、勤劳、温柔，史铁生的母亲便是这样的女子。史铁生笔下塑造的形象也往往带有母亲的影子。母亲教会了史铁生如何去爱，如何追随自己的心，如何好好活下去。生前，史铁生早早签署了遗体捐赠书，要求只要他身上有能用的器官，能留下就尽量留下。正是因为史铁生的肝脏留了下来，才救活了一位父亲，因为这个充满生命力的肝脏，他才能亲眼看到刚出生的孩子。《天涯》杂志前主编蒋子丹用"尊严的生"和"庄严的死"形容史铁生的辞世，极好地概括了他的一生。史铁生喜欢合欢树，希望死后能滋养一棵树，给日渐灰暗的地球增添一点绿色，树上可以挂一个小铜牌，写上"史铁生之合欢树"。让合欢树长长久久地陪伴他，让自己化为宇宙中的一粒尘埃，在身后继续热爱这个世界，便是母亲教会他的爱之真谛，也是对曾经给予他苦难和馈赠的命运最温情的回报。

母爱是心底最柔软的感动，自古以来，母爱便是文学创作中永恒的主题。母爱像涓涓细流，点点滴滴，润物无声。但并非任何一个承受母爱的儿女都能一样深切地感受到这一点，尤其在现代社会，孝道在有些地方、有些时候并不像古代社会那般推崇，再加上人们社会压力普遍增大，对母亲不敬的事情常有发生。有多少心灵缺乏或是失去了爱与感受爱的能力，粗砺到近乎荒漠一片。或许，你的母亲也会在你发脾气时悄悄退出房间去，也会因你答应陪她逛街而高兴许久。你有多久没有和母亲促膝长谈了？你有多久没回家看望母亲，没给母亲打电话了？感受不到爱的心灵又怎能去爱别人？在母亲那里，史铁生感受到了爱，也将这份爱通过文字沉淀下来，感动了一代又一代读者。能感受到爱的心灵本身就是一种对爱的回报，这也是今天的我们仍然在读史铁生的意义所在。

奶奶：海棠与星星

童年是人一生中的黄金时期。坦桑尼亚诗人夏巴尼·罗伯特曾经说过："童年乃是人生的重要阶段。人的品性在童年开始形成。我们长大后成为什么样的人，取决于童年时的所学与所为。"史铁生的童年几乎都是和奶奶一起度过的。跟奶奶在一起的日子是他一生中不可多得的欢乐时光，"奶奶，和一棵老海棠树，在我的记忆里不能分开；好像她们从来就在一起"[①]。童年最亲近的人要数奶奶了，对生与死最初的感受都是从奶奶那里开始的。他在文章中多次描述道，对于世界的最初印象，便是从奶奶怀里开始的。

世界给我的第一个记忆是：我躺在奶奶怀里，拼命地哭，打着挺儿，也不知道是为了什么，哭得好伤心。窗外的山墙上剥落了一块灰皮，形状像个难看的老头儿。奶奶搂着我，拍

① 史铁生．老海棠树//史铁生作品全编：第8卷．北京：人民文学出版社，2017：254.

着我，“噢——噢——”地哼着。我倒更觉得委屈起来。“你听！”奶奶忽然说，“你快听，听见了么……”我愣愣地听，不哭了，听见了一种美妙的声音，飘飘的、缓缓的……是鸽哨儿？是秋风？是落叶划过屋檐？或者，只是奶奶在轻轻地哼唱？直到现在我还是说不清。“噢噢——睡觉吧，麻猴来了我打它……”那是奶奶的催眠曲。屋顶上有一片晃动的光影，是水盆里的水反射的阳光。光影也那么飘飘的、缓缓的，变幻成和平的梦境，我在奶奶怀里安稳地睡熟……①

奶奶温暖的怀抱和轻柔的催眠曲便是史铁生对生命最初的认识，是奶奶给予了他甜美的梦乡。那个时候的史铁生，还不懂什么是生、什么是死，安心地享受着人生中最幸福的一段时光。对于死，他明显地感受到恐惧也是因为奶奶。史铁生是个早慧的孩子，记事比较早。他清楚地记得，有一天，父亲突然将一个黑色镜框挂在墙上，奶奶当时正抱着他，从她浓重的涿州口音中，史铁生知道了一个消息——“斯大林死了”。那时候，史铁生还不知何为“死”，只是觉得奶奶的口音很有趣——把“斯”读成了三声。他不断模仿着奶奶的口音，笑得很开心。那一年，是1953年，史铁生才两岁多一点。

---

① 史铁生．奶奶的星星//史铁生作品全编：第3卷．北京：人民文学出版社，2017：164.

史铁生的父母工作很忙，常常一整天都回不了家，是奶奶一手将他带大，他对奶奶也十分依恋。在奶奶的精心呵护下，他学会了走路，开始接触到更多有趣的事物。奶奶带着蹒跚学步的他逛街，给他买各种小吃：炒肝、油条、炸灌肠、芝麻饼、山楂糕、烂糊芸豆、煎饼果子……那条挤满了人的小吃街成了幼年的史铁生最向往的地方。奶奶爱干净，讲卫生，因为担心芸豆摊儿上用来捏饼的布不干净，自己找来干净布给史铁生做芸豆饼。

幼时的史铁生常常跟着奶奶去听戏、看电影，可以说，奶奶是他的影视启蒙老师。奶奶年轻时候什么戏都没看过，每次看戏都邀请比自己懂戏的人来讲戏。从那些老戏中，奶奶多多少少弥补了年轻时候的遗憾。她什么事情都要强，不愿意落后。跟着奶奶，史铁生看了不少老戏，从梅兰芳、姜妙香到张君秋……也懵懵懂懂地了解到一些过去的事情。尤其有一次，奶奶看完电影《祝福》之后哭成了泪人，仿佛触及了内心的痛处，剧中的人物引起了她强烈的共鸣——"那时候可不就是那么样儿"①。史铁生无疑是有影视情结的，他一生钟爱戏剧，家里收藏了许多录像带，自己还专门创作了不少剧本，有的还拍成了电影，获得了大奖。或许，正是儿时那些听戏的经历对他

① 史铁生．奶奶的星星//史铁生作品全编：第3卷．北京：人民文学出版社，2017：172.

产生了潜移默化的影响。

奶奶是位善良、慈祥的老太太。史铁生和小伙伴一起崩猫的时候，总遭到奶奶阻拦。一只黑色的大野猫成了孩子们的假想敌，奶奶不允许伤害它，“好好的猫，你们别害巴它！”① 院子里的八子是铁生最好的玩伴，奶奶也最喜欢八子，说他厚道。她总是喜欢把铁生和八子聚在一起，听她说谜语，尽管她的谜语就那么几个。八子家孩子多，家境贫寒，他排行第八，一直都是捡哥哥姐姐的衣裳穿。上小学的时候，快入队了，八子还穿不起一件白衬衫。奶奶看着可怜，便把铁生的一件白衬衫送给了八子。举办入队仪式的当天，奶奶把八子叫来，给了他一块蛋糕、两个鸡蛋。还有一次，家里来了一个收破烂儿的女人，奶奶讨价还价了半天，本来已经讲好了价钱，但看到那女人后背上的小姑娘衣衫褴褛却讨人喜欢，便逗了逗。得知那女人丧夫，独自带着三个女儿时，奶奶于心不忍，竟然将史铁生的两件穿小的衣物送给了收旧衣裳的女人，分文不取。

再大一点，史铁生便像小尾巴一样整天缠在奶奶身边。史铁生是个捣蛋的孩子，好奇心很强，常常吵闹着要这要那，要么就不睡午觉，奶奶哄他的方法可谓万变不离其宗。“不听话

① 史铁生．奶奶的星星∥史铁生作品全编：第3卷．北京：人民文学出版社，2017：168.

就得去磨刀”[①]，“那个修理雨伞的就是因为不听话，才那么没出息”[②]，“再不听话，你长大了也去卖芸豆！”[③]奶奶也常常拉着他的手站在家附近的北小街边上，看穿着破烂的马夫赶车，说道：“看你听话不听话，那些赶大车的就是从小不听话，长大了就得去给人家赶大车。”[④]在史铁生还不那么懂事的时候，他一度以为奶奶是看不起劳动人民。其实，正是因为看到了劳苦大众的不易，奶奶才希望自己的后辈有出息。这些吓唬小孩的招数中最管用的还是奶奶的杀手锏——“再不听话，奶奶就死了！”[⑤]那个时候，史铁生还不懂什么是死。奶奶告诉他，死了就再也找不着奶奶了，那是世界给他的第一个可怕的印象。

有一次，奶奶去了姨奶奶家，史铁生午睡之后起来发现找不到奶奶了，整整哭了一下午，任谁也劝不住。直到晚上奶奶好端端地回来，他才破涕为笑，没有人知道他想过些什么。被奶奶带大的孩子，自然与奶奶感情深厚。从奶奶那里，他第一次知道了恐惧，也懂得了心疼。

奶奶生在旧社会，是个裹过脚的小脚老太太。每次洗脚

---

① 史铁生．奶奶的星星//史铁生作品全编：第 3 卷．北京：人民文学出版社，2017：178.

②③ 同① 177.

④ 同① 178.

⑤ 同① 165.

时，奶奶总是躲着人，铁生不知奶奶为何躲起来，每次奶奶洗脚，他总要缠着看，赶都赶不走。“那双脚真是难看，好像只有一个大脚趾和一个脚后跟”[①]。每次看奶奶洗脚，铁生就不住地心疼，心里充满了恐惧。奶奶说过，她曾经也有一双能蹦能跳的脚，后来被自己母亲裹了脚，才得以进了老史家。为此，史铁生还一度认为奶奶的母亲是个蓝脸鹰钩鼻的老妖婆。奶奶平生最羡慕那些“能吃食堂”的人，羡慕自己的儿媳妇，羡慕她赶上了好时候，没裹脚，上过学，能工作。奶奶自己成分不好，也没什么文化，总是念错字、读错音，史铁生没少笑话过她。“奶奶每天晚上都抱着那本扫盲课本念，有一课是《国歌》，她老是把‘吼声’念成‘孔声’。‘又是孔声！’连我都能提醒她了。她挺难为情，声音变小，慢慢又大起来，念到‘吼声’的时候声音又变小，停好一阵，大概是在心里重复……”[②]

奶奶出生在信奉女子无才便是德的旧社会，由于生得漂亮，17岁便嫁到了还是地主的爷爷家，在婆家没什么地位，还要照顾一大家子人。生第一个女儿的时候，婆家舍不得花钱请大夫，孩子夭折了。奶奶没有女儿，也是她一大遗憾。丈夫早

---

① 史铁生．奶奶的星星//史铁生作品全编：第3卷．北京：人民文学出版社，2017：166.

② 同①175.

逝，奶奶在婆家无依无靠，含辛茹苦地拉扯着三个儿子。她没什么文化，却一定要三个儿子都读书，不惜和婆家闹翻。她一生都没有机会出去工作，也没享成清福。每当母亲的同事来家中做客，奶奶总爱抱着史铁生听她们聊天，尽管她未必听得懂。"妈妈她们大声笑起来。奶奶脸上现出迷茫的笑容，并不太清楚她们笑的是什么。"[①]她一生勤俭持家，虽然嘴上说到了老史家没过过一天好日子，但还是会恭恭敬敬地供奉爷爷的照片。

由于做了地主家的媳妇，奶奶也受牵连被扣上了地主的帽子，这对于那时还不能分清事理的史铁生来说是个不小的打击。他无法相信自己深爱的奶奶竟然是地主。在他的字典里，地主就是恶霸，是要压榨劳苦大众的，是需要被打倒的。奶奶是地主这一事实仿佛阴霾一般萦绕在他心头，他不敢和任何人透露，更害怕别人知道，这个秘密是他童年最大的阴影。史铁生在《奶奶的星星》中，具体描绘了小时候看到奶奶接受教育的场景："我看见奶奶坐在最后排，两只手放在膝盖上，样子就像个小学生。我冲她招招手。没看见，她听得可真用心……她直了直腰，两只手也没敢离开膝头。"[②]在得知奶奶是地主之后，史铁生陷入了惶恐不安和纠结之中，他再也不能像以前那

---

① 史铁生．奶奶的星星//史铁生作品全编：第3卷．北京：人民文学出版社，2017：170.

② 同①174-175.

样和奶奶亲近了。奶奶并不知道孙子已经知道了她的身份，还是一如既往地疼他。许多年后，铁生饱含悔恨地写道："奶奶的观察力实在是末流的，她难道没有注意到，我有好几年没有把头扎在她脖子下了吗？"[①]这种哀伤的情绪也一直延续到他的作品当中，他始终忘不掉自己当年拼命不想让人知道奶奶是地主的懦弱，也恨自己竟然因此而和她有所生分。

【经典品读】

《奶奶的星星》中对奶奶两次扫街的描写

第一次：

奶奶活了七十三岁，真正舒心的日子只有那么几年，就是从摘了地主帽子到"文化大革命"开始之间的那七八年。那些年，她整天都很忙，整天都很高兴。她要给全家人做饭，要做补花，要负责全院的清洁卫生。奶奶是全院的卫生负责人。我还记得别人把写了她名字的小红纸条贴在院门上时，她是多么不好意思，又是多么掩饰不住地高兴。为这事她得罪了八子妈，八子家的卫生总是搞不好。

① 史铁生．奶奶的星星//史铁生作品全编：第3卷．北京：人民文学出版社，2017：185.

奶奶买了一把长把笤帚，扫起院子来不用弯腰。她的腰和背还是老酸疼。早晨，人们纷纷出门上班的时候，奶奶去扫院门前的街道，和所有过往的街坊们打招呼。她愿意被人们看见。说她爱虚荣也行，说她是显摆也对，她把门前扫得很干净。然后她就冲八子和我喊：“可别再糟蹋啦，啊？奶奶刚扫完！”确实是喊给别人听的，但那声音中也确实流露着舒心的骄傲。

第二次：

我跑出院门。远远的晨雾中，有一个人影，用的是长把笤帚，是奶奶。后来我才知道，奶奶这么早来扫街，是为了躲过人多的时候，怕让人看见。她现在是以一个地主的身份在扫街，在改造，不是像当年那样是卫生负责人。

（史铁生．奶奶的星星//史铁生作品全编：第3卷．北京：人民文学出版社，2017：185-186、190.）

史铁生在延安插队的时候，奶奶终于回到了北京。她一生都在努力表现，热爱劳动。年近七旬，她仍然天不亮就起床扫街，吃了早饭就去参加学习班，下午去挖防空洞，晚上还要在灯下念报纸上的社论，一有空就想拉着史铁生请教不懂的地方。史铁生曾多次描写奶奶扫街的场景。

史铁生写到奶奶的遭遇时，并没有大肆书写别人如何迫害她、如何排挤她，相反，他提到周围的街坊对奶奶还很好，只是奶奶自己一片热诚，觉得要好好改造，才能赢得信任。史铁生以旁观者的视角，平淡地观察着奶奶所经历之事。细腻而温和的笔法，如汩汩流水，滋润人心，一个战战兢兢、渴望新生活却又自卑的老人形象跃然纸上，让读者在不经意间被感动。尤其是写到奶奶被父母送回老家避难时，史铁生没有来得及送奶奶。当年的他还无法体会到奶奶临走前没来得及见到宝贝孙子的凄凉。后来有一次，史铁生偷偷回家取东西时，才发现一切都已经物是人非。他回忆道：

我走进屋里，才又想到，奶奶走了。屋里的东西归置得很整齐，只是落满了灰尘。奶奶不在了。奶奶在的时候从来没有灰尘。那个小线笸箩还在床上，里面是一绺绺彩色的丝线，是奶奶做补花用的。我一直默默地坐着。天黑了。是阴天，没有星星。奶奶这会儿在哪儿呢？干什么呢？屋里没有别人，我哭了。我想起小时候，别人对奶奶说："奶奶带起来的，长大了也忘不了奶奶。"奶奶笑笑说："等不到那会儿哟！"……海棠树的叶子落光了，没有星星。世界好像变了个样子。每个人的童年都有一个严肃的结尾，大约都是突然面对了一个严峻的事实，再不能睡一宿觉就把它忘掉，事后你发现，童年不复存在了。[①]

奶奶最会哄孩子开心了，讲故事、猜谜语是她的拿手好戏。儿时的史铁生最爱听奶奶讲故事，奶奶那些带着美好祝愿和浪漫想象的故事，为史铁生幼小的心灵播撒下了善的种子，也开启了他最初的文学之梦。小说名篇《奶奶的星星》便是以自己童年经历和奶奶的故事为原型，史铁生满怀温情地写下这样的文字："夏夜，满天星斗。奶奶讲的故事与众不同，她不是说地上死一个人，天上就熄灭了一颗星星，而是说，地上死一个人，天上就又多了一颗星星。"[②]奶奶的星星便是热心、善良的象征，更是史铁生心中的无限思念与寄托。同样是写童年往事，林海音的童年结束于爸爸的花儿落了，史铁生的童年结束于奶奶的星星暗了、海棠树的叶子落光了。《奶奶的星星》中，多次出现了描写星星和海棠的场景，"海棠树的叶子又落了，树枝在风中摇。星星真不少，在遥远的宇宙间痴痴地望着我们居住的这颗星球……"[③]"老海棠树还活着，枝叶间，星星

---

① 史铁生．奶奶的星星//史铁生作品全编：第3卷．北京：人民文学出版社，2017：189.

② 同① 165.

③ 同① 194.

在天上，我认定那是奶奶的星。”[1]史铁生小时候非常淘气，常常在家中的海棠树上玩耍，奶奶就在树下陪着他，慈祥地微笑着。这样的日子一去不复返了。

【经典品读】

《奶奶的星星》节选

奶奶已经死了好多年。她带大的孙子忘不了她。尽管我现在想起她讲的故事，知道那是神话，但到夏天的晚上，我却时常还像孩子那样，仰着脸，揣摸哪一颗星星是奶奶的……我慢慢去想奶奶讲的那个神话，我慢慢相信，每一个活过的人，都能给后人的路途上添些光亮，也许是一颗巨星，也许是一把火炬，也许只是一支含泪的烛光……

（史铁生．奶奶的星星//史铁生作品全编：第3卷．北京：人民文学出版社，2017：166.）

奶奶曾告诉过史铁生，星星都是死去的人变的，为的是给活着的人照亮夜路。每当想念奶奶的时候，史铁生便会望着满

① 史铁生．奶奶的星星//史铁生作品全编：第3卷．北京：人民文学出版社，2017：195.

天星斗，想象着哪一颗是奶奶的。这位饱经苦难的善良老人，将爱的种子深深种在了孙子心里。漫天繁星，在永恒的时光中熠熠生辉，正如奶奶一般，从来都不曾走远。奶奶可悲可叹的一生在史铁生心中留下了无法抹平的伤痕，也促使他不断思考：人的差别从何而来？一生究竟为何而活？而这些，均是解读史铁生的关键词。

【我来品说】

1. 从上文的分析中，你是否能总结出：史铁生对奶奶有哪些复杂的情感？奶奶的经历对他的创作和人生产生了怎样的影响？

2. 你和奶奶之间有怎样的故事？你能仿照史铁生《奶奶的星星》《老海棠树》中的文字，写一写自己的奶奶吗？

第五章 轮椅上的追问与眺望

导读

史铁生一生有三分之二的时间是在病床和轮椅上度过的。在轮椅上，他日复一日地与自己对话，一次一次地向灵魂深处眺望。那么，他究竟都思考了些什么呢？本章将带你一起探寻。

死亡，是史铁生作品中的鲜明主题，然而，这一主题背后掩隐的却是勃勃的生机。站在死中去看生，是史铁生的思考方式，也是他独特的人生哲学。“死不过是某一个信号的中断，它‘轻轻地走’，正如它还会‘轻轻地来’。”[1]读他的作品，须双手合十，满怀虔诚……

① 史铁生．病隙碎笔//史铁生作品全编：第8卷．北京：人民文学出版社，2017：38.

命若“琴弦”终有憾

1985年，史铁生创作了短篇小说《命若琴弦》。可以说，这篇寓言式小说的发表对史铁生来说，具有里程碑式的意义。

故事的开头是这样的：“方圆几百上千里的这片大山中，层峦叠嶂，沟壑纵横，人烟稀疏，走一天才能见一片开阔地，有几个村落。荒草丛中随时会飞起一对山鸡，跳出一只野兔、狐狸或者其他小野兽。山谷中常有鹞鹰盘旋……”[①]寥寥数语，勾勒出一幅深山老林里万类霜天竞自由的画卷，给人以广阔、苍凉的感觉。故事的主人公是一老一少两个瞎子。师徒俩以说书卖艺为生，年年月月背着一把三弦子到处流浪，遇到愿意给点钱的村子就停几天说上几天，寒来暑往，风雨无阻，给荒凉的大山里平添了许多欢声笑语。靠手艺吃饭，一定得有点儿真本事。尽管眼睛看不见，老瞎子说起书来可是真让人叫好。“人人都称赞他那三弦子弹得讲究，轻轻漫漫的，飘飘洒洒

① 史铁生．命若琴弦//史铁生作品全编：第4卷．北京：人民文学出版社，2017：20.

的，疯颠狂放的，那里头有天上的日月，有地上的生灵。老瞎子的嗓子能学出世上所有的声音，男人、女人、刮风下雨、兽啼禽鸣。”①老瞎子是先天眼盲，一辈子也没见过光亮。小瞎子倒算是见过这个世界的，不过也仅仅三年。父亲把他送来的时候，14岁的小瞎子抱着老瞎子那神奇的电匣子听得入迷。那个电匣子会讲的故事可多哩，是老瞎子花了大价钱从一个山外人手里买来的，跟着它能学不少新词儿、新曲儿。

老瞎子之所以这么卖命地弹琴说书，是因为他师父临终前的一个药方。那个药方是师父留给他的遗物，记载着重获光明的秘方，不过，得有一千根断了的琴弦做药引子才能打开。这药引子，得是真正弹断的琴弦。老瞎子小心翼翼地把药方封在了三弦子的琴盒里，走南闯北，随身带着。踏遍穷山恶水，说尽千古苍凉，就这样一弹弹了五十年，盼了五十年。这一天，老瞎子终于弹断了一千根琴弦，他激动不已——重见光明的日子终于等到了。他满怀希望地去镇上的药房抓药，然而周围的人却告诉他，那“药方”不过是一张白纸。原来，他师父骗了他，世上根本没有什么灵丹妙药能治好眼瞎，他视若珍宝的“药方”原来竟是一个巨大的谎言。为这根本没有一个字的“药方”，他整整盼了一辈子。失望很快变为绝望，绝望又不

① 史铁生．命若琴弦//史铁生作品全编：第4卷．北京：人民文学出版社，2017：25.

得不重新化为希望。终于，他明白了师父那句话：咱的命，就在这根琴弦上。师父用心良苦，为了让他有活下去的勇气，精心构筑了这个善意的谎言。

而此时，他的小徒弟也经历着人生又一大挫折——因为眼盲而失去了心爱的姑娘，心灰意冷之下不辞而别。老瞎子在深山里找到他的时候，他正在漫天的大雪中躺成了一个“人”字。老瞎子费了好大的劲儿才把小瞎子救回来。小瞎子在师父面前大哭起来，嚷着“干吗咱们是瞎子”。此时的他，比任何时候都想睁开眼睛看上一回，哪怕就一回。突然，他想起师父去抓过药了，应该已经复明了。面对小瞎子期盼的询问，老瞎子再一次撒谎了，说是自己记错了，应该弹断一千二百根才对。谎言再次上演，是为了让小瞎子有希望继续活下去。像他师父一样，老瞎子把空白的“药方”封到了小瞎子的琴槽里。并且告诫小瞎子：“记住，人的命就像这琴弦，拉紧了才能弹好，弹好了就够了。”[①]只有他自己知道，一千二百根的目标不过是一个虚设，并不能真正让眼睛复明。但即便如此，这个目标也得有。有了奔头，人才能活。

故事的最后，知道真相的老瞎子和不知道真相的小瞎子又上路了，“莽莽苍苍的群山之中走着两个瞎子，一老一少，一前

① 史铁生．命若琴弦//史铁生作品全编：第4卷．北京：人民文学出版社，2017：39.

一后，两顶发了黑的草帽起伏蹿动，匆匆忙忙，像是随着一条不安静的河水在漂流。无所谓从哪儿来、到哪儿去，也无所谓谁是谁……”[①]两个瞎子又回到了荒凉、偏僻的群山之中。等待他们的，是日复一日的奔忙，是明知结局的无奈，是心中那一丝渺茫的希望。

同开头一样的结尾，将读者的思绪再次带回到了那片苍茫的大山中，不过，此时的心境却截然不同。如果说开头带着些许好奇和期盼，那么结尾，更多的是悲壮和苍凉，这种回环往复、一咏三叹式的美感，带给人持久的震撼。命运再次将不幸的人抛回了大山，他们得用一生才能参透上天设下的谜团，又或者，他们明知道谜底，却也要抱着一丝希望，在空空渺渺的无限之中，给自己找一个活下去的理由。关键场景的再现与凄凉哀婉的情感彼此融合，交相辉映，这其中的情感，说不清、道不明，引起人无限的遐想。人呐，只有把无限的路途看作无限超越的可能，把西西弗斯式的徒劳看作存在的本身，才能找寻到灵魂的安宁。无限苍茫的群山，悄然屹立在人们心中最柔软的地方；鹞鹰盘旋的声响，在每个人的心里激起阵阵回音，那种无言的悲怆，不禁让人潸然泪下。

---

① 史铁生．命若琴弦//史铁生作品全编：第4卷．北京：人民文学出版社，2017：40-41.

西西弗斯的传说

西西弗斯是希腊神话人物。根据《荷马史诗》，西西弗斯是风神的儿子，也是科林斯城的国王，是人间最聪明的人。当风流的主神宙斯掳走河神美丽的女儿时，人间唯一知晓此事的西西弗斯本已向宙斯保证不会泄密，但考虑到科林斯城土质坚硬，无水可用，于是当河神到科林斯去寻找女儿时，西西弗斯便以一口四季长流的清水井作为交换条件，告知了河神女儿的藏匿之所。宙斯大怒，派死神去惩罚西西弗斯这个不知天高地厚的凡人。没想到西西弗斯却设计困住了死神，导致人间长久以来都没有人死去。后来，死神被战神救出，西西弗斯也被打入了冥界。

当然，聪明的西西弗斯是不会这么束手就擒的，他早有准备：在被打入冥界前，他嘱咐妻子将他的尸体曝尸荒野，并且不要祭奠。到了冥界后，西西弗斯立马向冥王、冥后哭诉，称自己忘恩负义的妻子没有给自己举办葬礼，而且冥王也得不到自己的祭品。冥王于是准许他还阳处理自己的后事。西西弗斯压根没有想着回冥界，反而继续当他的国王。受骗的诸神无可奈何，干脆让他平静地活到老死。直到其老死后到了地狱，诸神才开始跟他秋后算账。他被发配去做苦役，每天要把一块沉重的大石头推到非常陡的山上，然后再眼看着这块大石头滚落到山脚下，永不停歇地重复着这个毫无意义的动作。这样安排为的就是让他明白：人永远无法战胜死神。

文艺复兴时期意大利著名画家提香的油画作品《西西弗斯》

在人的一生当中，有很多事情是无法选择的。我们无法决定自己的家庭、出身，无法预知未来的艰难，无法选择自己所生活的年代，也难以主宰自己将有怎样的容颜、怎样的智慧。“所谓命运，就是说，这一出‘人间戏剧’需要各种各样的角色，你只能是其中之一，不可以随意调换。”[①]就像史铁生所说，人是被上帝抛到这个世界上来的，并没有安排，这种随意性也造成了每个人命运的不确定。“上帝是一个聪明的幼儿园阿姨，让一代一代的孩子们玩同一个游戏，绝不让同一个孩子把这游戏永远玩下去，祂懂得艺术的魅力在于新奇感。”[②]在他看来，上帝让一个个生命来人间做游戏，游戏结束了，人们便日夜兼程地从哪儿来回哪儿去。然而，这种降临却也给了每个生命存在的意义。将无法选择的生命活出个人的精彩，让最终虚无的目标转化为现世具体的理想，史铁生悟到的，恰恰也是值得我们每个人思考的。如何让有限的生命过得有意义？如何打好命运给的一手坏牌？究竟为什么而活？如何让我们好好地活着？史铁生的这个故事之所以震撼我，不光在于它精巧的故事设计和鲜活动人的文字，也在于主人公那种两难的处境，那种明知前方无路，却还要义无反顾向前走的悲壮，那种绷紧了一口气，坚强活下去的心态和勇气。

有人说，命运就像一副扑克牌，起到好牌看运气，打好一手坏牌却要靠能力。很多时候，并不是每个人都能够交好

① 史铁生．病隙碎笔//史铁生作品全编：第8卷．北京：人民文学出版社，2017：3.

② 史铁生．答自己问//史铁生作品全编：第7卷．北京：人民文学出版社，2017： 26-27.

运，不然就不会有史铁生的那篇《好运设计》了。在这篇散文里，史铁生畅想了来世的美好，假想了一个人极其幸运的一生，通过他的设计，某人拥有了聪明的大脑、健康的身体、俊美的身材、显赫的家世、美满的婚姻、幸福的家庭、稳定的职业，一生过得顺风顺水，没有疾病的纠缠，没有琐事的烦恼，一切都那么幸运、那么称心如意。然而，文章的结局，他也点破了——这不过是一个美好的白日梦，人生不可能一帆风顺，也没有人能够占尽天时地利，每个人其实都有各自的烦恼，都有必须要承受的苦难。而现实才是真实的，唯有把握好现实，重视人生的过程，走好每一步，才能不枉此生。活到最狂妄的年龄上忽地残废了双腿，命运对史铁生可谓毫不留情。突如其来的变故几乎摧垮了史铁生。不止一次地，他告诉自己，要么死，要么站起来。然而，他终究还是没能站起来。带着巨大的痛苦，他在轮椅上开始了执着的叩问：世上为什么要有残疾人？为什么要让我活着？为什么偏偏是我承受这一切？为什么人与人之间要有差别？人活着到底是为什么？正如小瞎子感叹的那样："干吗咱们是瞎子！"[1]这一振聋发聩的悲叹也道出了老瞎子多年的痛，他的回答是："就因为咱们是瞎

---

① 史铁生．命若琴弦//史铁生作品全编：第4卷．北京：人民文学出版社，2017：39.

子”[1]。的确，没有为什么，这就是命。就命运而言，休论公道。这是属于老瞎子和小瞎子的命，无从选择，更不能反抗，正如属于史铁生的命，来势汹汹，来不及反应，也是属于我们每个人的命，说白了是一种偶然性。但世界，就是由这样无数的偶然构成的，有的人幸运，有的人倒霉，但无论如何，降临到你身上，就是一个无可争辩的事实，你要带着它走完一生。命运无从选择，是这个故事带给我们的另一个启示。

这样的故事不禁让人想起了另一部作品——余华的《活着》，主人公福贵的遭遇也十分让人同情：家道中落，被抓壮丁，妻离子散，身边的亲人一个一个离去。但福贵却像小草一样坚强地活着。活着，是他最基本、最纯粹的追求，也是他的琴弦，“人是为活着本身而活着，而不是为了活着之外的任何事物而活着”[2]。这样的故事，还有许多，无论是古希腊神话中推石上山的西西弗斯、盗取天火而被惩罚的普罗米修斯，还是《圣经》当中的约伯，都让我们明白一个道理：人活着，一定要有信仰和目标，哪怕只是一个小小的愿望，哪怕只是最简单的需求，也能作为精神支柱，焕发出无限的力量。

---

① 史铁生．命若琴弦//史铁生作品全编：第4卷．北京：人民文学出版社，2017：39.

② 余华．活着．上海：上海文艺出版社，2004：自序4.

现实生活中，我们时不时就会听到轻生的报道，其中不乏许多年轻的生命。原因很多：有的刚刚失恋，有的创业失败，有的因为欠债，还有的因为升学不顺利……但无论如何，生命只有一次，无论过得好坏都不可能重来，轻易放弃是不是有点草率呢？对于许多年轻人来说，珍爱生命，强大内心，才是应当修炼的人生第一课。老瞎子和小瞎子都是被命运抛弃的人，他们承受了比常人更多的苦难，我们周围也有许许多多像他们一样的弱势群体，他们尚且能坚强地活下去，有的甚至做出了比常人更优秀的成绩，这种力量，不正应该是我们学习的吗？

每当丧失动力的时候，不妨去看看纪录片《人间世》，看看那些在病痛中挣扎的人们，不妨去福利院看看那些不幸的孩子，或许你会发现，你所厌恶和浪费的今天，恰恰是许多重病之人期盼不到的明天。你想放弃的，却是别人梦寐以求的。命运就是如此不公平，上天赋予每个人的都是未知的，但这种未知，也蕴含着无限的可能。试想，倘若生活中的一切都可一眼望尽，那么，你的青春将是多么苍白。漫漫人生路，我们需要的，往往只是站在跑道上一次亲身体验的机会，而不是站在领奖台上的鲜花与掌声。

【经典品读】

史铁生散文《好运设计》片段

过程。对，过程，只剩了过程。对付绝境的办法只剩它了。不信你可以慢慢想一想，什么光荣呀，伟大呀，天才呀，壮烈呀，博学呀，这个呀那个呀，都不行，都不是绝境的对手，只要你最最关心的是目的而不是过程你无论怎样都得落入绝境，只要你仍然不从目的转向过程你就别想走出绝境。过程——只剩了它了。事实上你唯一具有的就是过程。一个只想（只想！）使过程精彩的人是无法被剥夺的，因为死神也无法将一个精彩的过程变成不精彩的过程，因为坏运也无法阻挡你去创造一个精彩的过程，相反你可以把死亡也变成一个精彩的过程，相反坏运更利于你去创造精彩的过程。于是绝境溃败了，它必然溃败。你立于目的的绝境却实现着、欣赏着、饱尝着过程的精彩，你便把绝境送上了绝境。梦想使你迷醉，距离就成了欢乐；追求使你充实，失败和成功都是伴奏；当生命以美的形式证明其价值的时候，幸福是享受，痛苦也是享受。现在你说你是一个幸福的人你想你会说得多么自信，现在你对一切神灵鬼怪说谢谢你们给我的好运，你看看谁还能说不。

过程！对，生命的意义就在于你能创造这过程的美好与精彩，生命的价值就在于你能够镇静而又激动地欣赏这过程的美丽与悲壮。但是，除非你看到了目的的虚无你才能够进入这审美的境地，除非你看到了目的的绝望你才能找到这审美的救助。但这虚无与绝望难道不会使你痛苦吗？是的，除非你为此痛苦，除非这痛苦足够大，大得不可消灭大得不可动摇，除非这样你才能甘心从目的转向过程，从对目的的焦虑转向对过程的关注，除非这样的痛苦与你同在，永远与你同在，你才能够永远欣赏到人类的步伐和舞姿，赞美着生命的呼喊与歌唱，从不屈获得骄傲，从苦难提取幸福，从虚无中创造意义，直到死神和天使一起来接你回去，你依然没有玩够，但你却不惊慌，你知道过程怎么能有个完呢？过程在到处继续，在人间、在天堂、在地狱，过程都是上帝的巧妙设计。

（史铁生．好运设计//史铁生作品全编：第6卷．北京：人民文学出版社，2017：70-71.）

“咱的命就在这琴弦上”①，年少时理解不了这句话的老瞎

① 史铁生．命若琴弦//史铁生作品全编：第4卷．北京：人民文学出版社，2017：40.

子，在七十年光阴的淬炼中，在得知药方为空白的那一瞬间，终于悟出了这句话的含义。这个哑谜一般的双关语，是他留给小瞎子的箴言，也是他回顾一生得出的最深切的体悟。命若琴弦，开头和结局如何，人无法选择，然而不管怎样，都必须有个盼头、有个目标。琴弦的长短和寿命我们无法选择，唯一确定的是，弹拨的过程当中必然有难以坚持的时刻，必然有想要放弃的冲动，必然有究竟为何的迷茫，或许没有人能给出确切的答案，但弹过，欢笑过，落泪过，坚持过，挣扎过，珍惜过，也体会过，便不枉此生。至于那个遥遥无期的愿望，能不能实现都已经不那么重要了。这就是每个人的宿命，而过程，往往比宿命更重要。

也许有人会说，不曾遭遇过这样的打击，我们万万不会有这样的思考。的确，生命中很多沉思的机会，并不是每个人都能抓住的。没有在现实的困境中感受过那痛彻心扉的冷，谁又愿意去坚持那渺茫的希望呢？在最困难的时候，是弹断一千根弦的药引子，加上一张白纸的药方，支持着老瞎子活下去。为了看上一回世界，为了那一千根弦，弹过一生，他值了。小瞎子也不会面对这样多的不公平，如果他不是瞎子，他可以娶兰秀儿，他可以不再受外人的排挤，他可以自由自在地去看那曲折的游廊。绷紧的生命，带给他们的是一生的信念，就像琴弦必须两端拉紧才能弹出声音一样，一端是追求，一端是目的，唯有两端都拉紧了，才能弹出美妙的乐曲，才能活出生命的价值。命若琴弦，是老瞎子给我们的启示，是史铁生给我们的智慧。想要活得有意义，就得有所追求，无论前方的路途多么遥远，多么漫长，一步一步走，就算终点是一片荒芜，但流过的每一滴汗、路上遇到的每一处风景，都已然融入了你的血液，与你的生命血脉相连。追求理想与希望之路，注定荆棘丛生，但走过的每一步，都更接近目标，我们又怎么能虚度光阴呢？每个人都有自己的理想，每个人所追求的都不同。人生就是这样，理想信念就是我们前进道路上的白月光，是鞭策我们继续前进的动力。清冷的银辉流泻而下，我们追随着光芒的指引，虽步履蹒跚，却也走得坚定。月色虽然昏暗，却也始终相随。

生命本无意义，关键在于人会赋予它怎样的意义。史铁生终其一生都在思索着怎么活的问题。过程与目标，是两个相对立的概念，但又都朝着一个结局，孰轻孰重，不同的人恐怕会有不同的看法，然唯有抓住此刻，抓住眼前所拥有的，才能走好每一步。当你有一天到达终点时，回首来时的路，也甚觉欣慰。从“宿命论”走向“过程论”，是史铁生的智慧，他用文字告诉我们：人生就是一场朝圣，或许我们不确定前方是否就是圣地，但虔诚迈出的每一步，都算数。

【经典品读】

《自言自语》中史铁生对人本困境的感悟

人有三种根本的困境，于是人有三种获得欢乐的机会。

第一，人生来注定只能是自己，人生来注定是活在无数他人中间并且无法与他人彻底沟通。这意味着孤独。第二，人生来就有欲望，人实现欲望的能力永远赶不上他欲望的能力，这是一个永恒的距离。这意味着痛苦。第三，人生来不想死，可是人生来就是在走向死。这意味着恐惧。

上帝用这三种东西来折磨我们。

不过有可能我们理解错了，上帝原是要给我们三种获得快乐的机会。假如世界上只有我，假如我又没有欲望（没有欲望才能不承受那种距离），假如这样我还永远不死，我岂不就要成为一堆无可改变的麻木与无尽无休的沉闷了？这样一想，我情愿还是要那三种困境。

（史铁生．自言自语//史铁生作品全编：第7卷．北京：人民文学出版社，2017：45-46.）

我们总是在追求着自己的目标，希望有朝一日能实现自己的理想。然而，追求实现理想的路上总是布满了荆棘。努力了，不一定有回报。迎着大雨在雨中奔跑，我们甚至看不到雨过天晴后的彩虹。但是，这一路走来的风雨，让我们时刻铭记；那一个个拦路的泥潭，让我们懂得了没有人能随随便便成功的道理。正是这样的经历，磨砺了我们的意志，坚定了我们的信念，塑造了我们更加坚毅的灵魂。史铁生用这个生动感人的故事告诉我们：结果不重要，只要认认真真走过，只要敢于拼搏，就一定会有所收获；即便没有收获，在奋斗的道路上，你也已然看到了最美的风景。人生就像一根弦，每个人都该有自己的琴弦，不是吗？

病隙“碎笔”成绝响

澳大利亚著名女作家考琳·麦卡洛著有一部著名的长篇小说《荆棘鸟》，小说的开头讲述了这样一个凄婉美丽的故事：在南半球的某个小岛上有一种小鸟，它的叫声比世界上其他一切声音都要美妙动听，所有会唱歌生灵的歌声与它的歌声相比都要黯然失色。不过，这种鸟儿的脾气却十分古怪执拗，它毕生只唱一次歌，而且条件极为骇人：只有找到一种长满荆棘的树，让荆棘刺进自己的肉体，它才会放声歌唱。一旦它决定离开鸟巢去寻找荆棘树，就必须要找到方可罢休。当找到那荆棘如利剑一般锋利的荆棘树时，它才缓缓地落下来，耐心寻找最锋利、最坚硬的一根荆棘，让其扎进自己的身体里。娇小的身体瞬间被扎得血流不止。在这奄奄一息的时刻，它终于放开了歌喉，纵情歌唱。它圣洁婉转的歌声好似天使的呼唤，整个世界都在静静地聆听着，上帝也在苍穹中微笑着点头。所有的生灵都被它的歌声吸引了，就连云雀和夜莺也听得入了迷。一曲唱罢，血也流尽了，荆棘鸟的生命也永远画上了句号。所有听到歌声的生命都向荆棘鸟致以最后的敬意，感谢它用生命给人们带来的美好。最美好的东西，只有用最惨烈的代价才能换取。

史铁生给人的感觉，就像这执着的荆棘鸟。他的生命，惨烈悲壮；他带给读者的，却是美的享受。命运给了他最锋利的荆棘，而他却迎头而上，用生命谱写了最壮丽的乐章。他用最纯净的文字，荡涤着我们的心灵；用他无限的爱愿，抚慰着每一颗受伤的心灵。他背负着命运沉重的十字架，走得艰难，走得悲壮，却从未止步。即便在病床上，他也为我们留下了最珍贵的精神财富。尽管他无法站起来，但他从未停止过向灵魂深处眺望。背负命运沉重的十字架，他却比我们任何人都要伟岸，都要看得远。

生病之后，出行不便，读书便是他为数不多的消遣方式之一。从老子、庄子到柏拉图，从《老人与海》到《红楼梦》，从弗洛伊德到萨特，从《圣经》到《大藏经》，从中国古典诗词到西方现代派作品，从博尔赫斯、村上春树到米兰·昆德拉，他的阅读，涵盖了哲学、文学、宗教、神学、艺术、历史、心理学、现代物理学。一个人读书越多，就越不容易在现实中迷失，越想要去找寻内心的声音；在孤独无助时，也能够更好地与先贤对话、与自己对话。史铁生热爱阅读，尤其是久卧病榻后，书籍便是他连接世界的桥梁。住院后，尽管身体活动受限，史铁生也没有放弃读书，医院护士们也常常看到他拿着书在读。在那个轮椅还非常昂贵，手机、电视、电脑还不曾普及的年代，唯有书籍能够帮助史铁生“思接千载，视通万里”。他喜欢读的书种类很多，阅读涉猎极其广泛，常常在其作品中引用或评点他读过的书，其作品中提到的作家、哲学家、思想家前前后后多达上百位。可以说，对于中外文学、哲学的广泛阅读正是他厚积薄发的基础。托尔斯泰、陀思妥耶夫斯基、契诃夫、海明威、卡夫卡、普鲁斯特、尼采、歌德、罗素、鲁迅、加缪、福柯、艾略特、毛姆、杜拉斯、索洛维约夫、弗兰克、罗兰·巴特、罗伯格里耶、波德莱尔等都是给予史铁生文学营养的大师，无论从文学思想、创作风格方面还是从人物形象塑造方面，都给予他不少启发。毛姆、惠特曼的神秘主义思想，索洛维约夫的宗教人道主义思想，萨特、加缪的存在主义思想，都对他产生了很大的影响。书籍为史铁生建造了一个完全独立的内心世界，这个世界里栖居着古往今来最丰富而伟大的灵魂。在书中，他看到了更多的可能性，也逐渐认识到了人生的有限性。书籍陪伴着他度过了一个个病痛缠身的漫长黑夜，给了他支撑生命的力量。静心读书之余，史铁生也会随时记录下日常思考的点滴。对他来讲，活着不是为了写作，但写作是为了更好地活着。史铁生曾自嘲自己的职业是生病，业余写点儿东西。翻开他的病史，可能无论是谁，都会想给这个承受了太多苦难的生命一个深深的拥抱：

轮椅上思索的史铁生

1972年，年仅21岁的史铁生被诊断不幸患上了“多发性脊髓硬化症”，双腿不能站立，从此与轮椅相伴。

1980年，瘫痪多年的史铁生突发性肾衰竭，医生为他做了膀胱造瘘手术。

1998年，史铁生开始做血液透析。以后每隔不久就要重做一次。那时的他说，千万不要活到90岁，60岁于他正合适。

2010年，或许是上天垂怜，如他所愿，生命终止在了59岁。

整整38年，他与轮椅为伍，与病床相伴。他曾经把自己的身体比作一架飞机。“把身体比作一架飞机，要是两条腿（起落架）和两个肾（发动机）一起失灵，这故障不能算小，料必机长就会走出来，请大家留些遗言。”“躺在‘透析室’的病床上，看鲜红的血在‘透析器’里汩汩地走——从我的身体里出来，再回到我的身体里去，那时，我常仿佛听见飞机在天上挣扎的声音，猜想上帝的剧本里这一幕是如何编排。”①

史铁生一生创作了大量的散文、小说、诗歌，甚至还写过剧本。在成名前，生活较为困难时，他要靠微薄的稿费来糊口。在成名后，尽管经济条件有所改善，他的病情却加重了许多，为了维持生命，每隔不久就得去医院做一次透析。尽管如此，他仍然笔耕不辍，用生命写下了大量的文字。《昼信基督夜信佛》《病隙碎笔》《务虚笔记》《我的丁一之旅》等作品，都是他在生命的最后时光里完成的。这些作品，汇集了他对生死、爱情、残疾、命运、平等、伦理、宗教、尊严、人生价值、人道主义等主题的思考，字字句句都是泣血的啼唱。

【经典品读】

《病隙碎笔》中史铁生对生病的感悟

生病也是生活体验之一种，甚或算得一项别开生面的游历。这游历当然是有风险，但去大河上漂流就安全吗？不同的是，漂流可以事先做些准备，生病通常猝不及防；

---

① 史铁生．病隙碎笔//史铁生作品全编：第8卷．北京：人民文学出版社，2017：3-4.

漂流是自觉的勇猛，生病是被迫的抵抗；漂流，成败都有一份光荣，生病却始终不便夸耀。不过，但凡游历总有酬报：异地他乡增长见识，名山大川陶冶性情，激流险阻锤炼意志，生病的经验是一步步懂得满足。发烧了，才知道不发烧的日子多么清爽。咳嗽了，才体会不咳嗽的嗓子多么安详。刚坐上轮椅时，我老想，不能直立行走岂非把人的特点搞丢了？便觉天昏地暗。等到又生出褥疮，一连数日只能歪七扭八地躺着，才看见端坐的日子其实多么晴朗。后来又患“尿毒症”，经常昏昏然不能思想，就更加怀恋起往日时光。终于醒悟：其实每时每刻我们都是幸运的，因为任何灾难的前面都可能再加一个“更”字。

（史铁生．病隙碎笔//史铁生作品全编：第8卷．北京：人民文学出版社，2017：5.）

1996年，史铁生的首部长篇小说《务虚笔记》与读者见面。如果说《务虚笔记》和《我的丁一之旅》是两部精神史诗的话，那么出版于2008年的《病隙碎笔》则更像是一本杂而不碎的生命笔记。我们知道，写作长篇小说不仅需要宏大的构思，还需要一定的体力，这对史铁生来说是个不小的挑战。由于身体已然承受不了长时间的写作，史铁生便用治疗间隙的零碎时间来思考一个个话题。这部分为6部分243则的笔记式随笔，看似毫无章法，信笔而写，实则有着一以贯之的脉络。这部作品并不像其他书那样完整，既没有序也没有跋，只通过一个个简短的片段，串联成了史铁生对于金钱、背叛、荒诞、文学、艺术、道义、信仰等方方面面的思考；语言宁静淡泊，却又字字饱满，铿锵入耳。

有人说，这既是作者的生命笔记，也可说是一册通俗哲学读本。全书没有华丽的语词，只有病痛的折磨中记录下的文字和点滴思考，朴实无华，却又鞭辟入里。正是通过史铁生那双始终都在寻找生命光源的眼睛，读者得以反观个人的懦弱与媚俗，重新审视自身的价值取向和人生选择，与史铁生一同追问一个古老的哲学命题：人为什么要活？这是史铁生一生都在探索的谜题，也是他对命运最深沉的告白与眺望。“在四十几岁时，我忽然听懂了上帝的好意，不由得心存感恩。命运把我放进了疑难，让我多少明白了些事理，否则到死我都会是满腹惊慌。”①在轮椅上，他一次次地追问死亡、想象死亡，一次次地向命运的终极眺望，创作了《我之舞》《死国幻记》《原罪·宿命》《一种谜语的几种简单的猜法》等作品，如果认真读完，相信读者会对人生、死亡、疾病有新的认识。感恩命

---

① 史铁生．给胡山林（1）//史铁生作品全编：第7卷．北京：人民文学出版社，2017：319.

运，感恩苦难，需要何等的超脱与豁达！这也是史铁生对于世界最好的温柔。他用生命告诉我们，什么叫作“命运以痛吻我，我却报之以歌”。

节选自印度诗人泰戈尔的《飞鸟集》第167节

瓦腊纳西
我为什么又回来
上次在早晨
匆匆离去
因你将生命与灰尘看齐
我的胃咀嚼了七天的痛
虚弱而无奈
前路需要一盏灯
你将尘世掀开
让我体量接近真相的绝望
终于
我带着歌轻盈地回来
世界以痛吻我，要我回报以歌。

2006年1月，《我的丁一之旅》在《长篇小说选刊》杂志第1期发表，随后不久由人民文学出版社出版。这部被史铁生称作“心魂自传”的长篇小说是他的绝笔，也是他对命运的最后一次眺望。在书中，他仍然采用寓言和对话的方式，以心魂的方式与自己对话，将自己重新放归到一种空无游离的状态，让肉体和精神在浩瀚的宇宙寻找归所。小说涉及的话题非常复杂，生死轮回、灵肉纠缠、道德与伦理、性与爱、信任与背叛、理性与激情、病痛与生死、孤独与慰藉，都在小说中得以体现。这部并不怎么通俗的小说，对于不了解史铁生的读者来讲，存在着一定的阅读障碍。实际上，这是一部蕴含着丰富思想内涵的哲思型小说，和史铁生在几年之前完成的长篇小说《务虚笔记》以及后来出版的长篇思想随笔《病隙碎笔》《昼信基督夜信佛》一起，构成了史铁生的精神自传史。

史铁生究竟为什么深刻？相信每一位热爱史铁生的读者会给出各自的答案。他是一个很难概括的作家，他思想的丰富和深沉难以一言以蔽之。他又是一个很好概括的作家，他的所有文字都是在找寻心灵的救赎；而爱，是通往他写作胜境的铺路石。或许有的人以为，史铁生之所以能受到那么多人喜爱，与他的残疾是分不开的：他残疾人的身份，为他博取了更多的同情与关注。这样的理解，对他来讲是不公平的。他是残疾人，但他更希望读者和世人用平等的眼光来看待他。“我们不因为残疾就忍受歧视，也不因为残疾去摘取殊荣。如果我们干得好别人称赞我们，那仅仅是因为我们干得好，而不是因为我们事先已经有了被称赞的优势。”[①]正如他在《给盲童朋友》当中写道：“所以一切人都是平等的，我们毫不特殊。”[②]史铁生并不觉得自己特殊，也不愿因为残疾去换取同情。残疾，不过是促使他写作的一个契机，不过是他身为作家之外一个特殊的身份。绝不是因为残疾，我们才喜爱他的文字，而是因为我们喜爱的作家恰好是个残疾人。我们有理由相信，即便没有残疾，史铁生的思想仍然要比我们很多人都要丰富。他是天生的哲人。

命运向史铁生抛出了一个又一个难题，他扶着他的轮椅，将这些难题一一化解。对于残疾，史铁生认为一切人都是残疾的，因为人无论如何都难以摆脱孤独；对于爱情，史铁生认为一切人都有爱的权利，自由是爱情的标志；对于宗教，史铁生并无任何信仰，但却十分向往宗教精神；对于幸福，史铁生认为幸福脱胎于痛苦；对于美与艺术，史铁生认为美是心魂的自由与开放，美是生命的终极价值……在史铁生看来，人的一生就是在不断地猜谜解谜，无论你解与不解，命运之神都不会对你网开一面，倒不如带着智慧和梦想上路，用爱、用幽默、用

---

① 史铁生．给盲童朋友//史铁生作品全编：第7卷．北京：人民文学出版社，2017：178.

② 同①177.

平常心、用无限的悲悯去正视人生道路上的艰难险阻。正是这样的心态，伴随着他走出了人生的黑夜，找到了自己的“写作之夜”。

史铁生的作品体现出的乐观精神，深深地震撼着我们。这种蓬勃而生的生命力，是一种催人向上的时代精神，也是时代所需要的奋进精神。读他的作品，那字里行间流露出的对世界的热爱、对生命的淡然，如涓涓细流，流淌在读者的心间，如丝丝春雨，润物无声。周国平写道：“孩子和哲人，是我心目中的铁生。”[①]史铁生的好友谢侯之回忆道：“史铁生的笑哎，招人喜欢，天真率直，那是一种类似婴儿的笑。那欢乐是晶莹的，没有渣滓。你马上会被感染。在个黑红大汉的宽脸膛上，会浮出那么纯真的笑容，真不可思议”[②]。在很多人眼中，史铁生就是那个在地坛中玩耍的孩子，儿童气质是他掩映在深沉和苦难的经历之后另一道不易为人察觉的人生密码。他实现了做人的两极，既拥有婴儿般的纯洁童心，像孩子一般对于世界有着无尽的向往与好奇，又经历了人生沧桑，对生死迷惘、人生困境、终极命运等复杂的哲学命题有着最深刻的体验。他有着

① 周国平．孩子和哲人//生命——民间记忆史铁生．北京：中国对外翻译出版有限公司，2012：306.

② 谢侯之．高贵的猜想//生命——民间记忆史铁生．北京：中国对外翻译出版有限公司，2012：404-405.

孩童般纯粹的笑容、纯粹的思想，能用孩童那样纯真、不掺杂任何世俗观念的眼光看待周围的人和事。同样，他也是一位哲人，他始终都在向终极视阈眺望，世界的尽头、死亡的背后、人生的意义、生命的虚无都是他始终思索的问题。他像一位睿智通透的老人，早已经看透了生命的奥秘，却依然热爱生活；同时，他也是一个满心好奇的孩子，有着一份孩童般的豁达与明媚。他见过世上最黑暗的角落，却从那里重返光明。他关上黑暗的阀门，踏着痛苦迎面走来，重新攀上了光明的彼岸，让心和灵魂再次登上了巍峨的山巅。总有一天，他会拄着他的拐杖，颤颤巍巍却又无比坚定地走下山去，因为他已然看到：多年后的某一天，在山的另一头，一定会跑上来一个孩子，抱着他的玩具，欢呼雀跃着。那，不正是他吗？

2002年，华语文学传媒大奖杰出成就奖的颁奖典礼上，组委会给了史铁生这样的评价："当多数作家在消费主义时代里放弃面对人的基本状况时，史铁生却居住在自己的内心，仍旧苦苦追索人之为人的价值和光辉，仍旧坚定地向存在的荒凉地带进发，坚定地与未明事物作斗争。这种勇气和执着，深深地唤起了我们对自身所处境遇的警惕和关怀。"史铁生是当之无愧的勇士，在人生的征途上，他以笔代步，用深邃的思想和真诚的灵魂踏出了人生强有力的足音。他背负着命运沉重的十字架，留给我们的，却是潇洒的背影和灿烂的微笑。我们庆幸，在许多个辗转无眠的黑夜里，在很多个纠结取舍的瞬间，能有这样的文字与思考，为我们提供一面透视凡尘的明镜，拨云见日，窥见路的尽头，照亮我们前行的路。他的文字，是浩瀚宇宙中一颗璀璨的星，是茫茫夜色中一盏不灭的灯。这，就是今天我们仍在读史铁生的原因。

【我来品说】

1. 从上文的分析中，你是否能总结出史铁生的生命观是怎样的?

2. 你认为史铁生最触动你的地方是什么？如果让你用一句话来评价史铁生，你会怎么写呢?

第六章 从未离去的史铁生

导读

史铁生是当代中国文坛一位特殊的作家，他的作品广为流传，激励了一代代人。那么，究竟是什么因素让这位作家如此深受读者喜爱？又是什么因素让他一次次被人们提起？本章将带你一起思考。

“‘死，不过是一个辉煌的结束，’男的说，‘同时是一个灿烂的开始。’”[1]史铁生在生前就早已参悟了生命的奥秘，在他看来，生死是相通的。史铁生离开我们已逾十年了，这些年来，读者并没有忘记他，反而越来越意识到他的意义。“史铁生现象”像一面三棱镜，透过它，我们不光能够看到多年以来史铁生的价值，同样能够看到其中折射出的当今大众的精神面貌，反观我们日益幽暗的内心。

---

① 史铁生．我之舞//史铁生作品全编：第4卷．北京：人民文学出版社，2017：189.

“史铁生现象”还会继续吗？

2010年12月31日凌晨3点46分，史铁生因突发脑溢血在北京宣武医院去世，享年59岁。再过4天，就是他60岁的生日。陷入昏迷时，他还淡然地安慰妻子说“我没事”。然而这一次，他没能像以前一样幸运，这颗经历了人世种种苦难的心脏在这一年的最后一天停止了跳动，这个平凡又壮阔的生命在那一刻落下了帷幕，净归尘土。根据他生前遗愿，不举行遗体告别仪式，不设墓地，全身健康器官如肝脏、眼角膜、脊椎骨等全部捐献供医学研究。12月31日凌晨6时许，他的肝脏成功移植给了天津的一位病人。

2011年1月4日15时，在史铁生生日这一天，由中国作家协会和北京作家协会联合举办的“与铁生最后的聚会”追思活动在北京798时态空间画廊举行，社会各界人士自发前往，共同为史铁生庆祝这个特殊的“生日”。铁凝、曹文轩、余华、张海迪、李锐、徐坤、白烨、徐小斌、肖复兴、张守仁、林白、刘索拉、潘军、解玺璋、王升山、甘铁生、章德宁、钟晶晶、韩晓征、笛安等作家、评论家以及濮存昕、蒋雯丽等文艺界人士，纷纷前来向他们的同事、好友送上最后的祝福。会议由著名主持人张越主持，艺术家陈雷担任总监，众多史铁生的老朋友一起筹备，将追思会变成了难忘的千人生日会。整个会场温馨、宁静，60根蜡烛烛光闪闪，将盛开的玫瑰衬托得愈发动人，人们纷纷拿起卡片，写下了自己的祝福。有朋友带来了史铁生最爱吃的樱桃；有的带来了红领巾和小学大队长的标志；还有的远道而来，从延安带来了清澈的清平河水和宝塔山的黄土……朋友们以各自的方式为史铁生送上最真挚的祝福。

史铁生带着爱离开了我们，然而，他又从未离开。在他走后，无论是官方的报纸媒体、作协机构，还是民间的文学团体、亲友读者，都自发开展了许多纪念活动。山西、湖北、青海等各省市的作家协会，清华大学中文系、华南师范大学文学院等高校机构，以及全国各地的读者群体，自发举行了各种悼念活动，送史铁生最后一程。史铁生刚去世的那几天，各大报刊、网络媒体争相报道，天涯论坛、新浪微博、豆瓣网上的悼念文章一时铺天盖地。《黄河文学》《佛山文艺》等期刊，昆明麦田书店、山东万松浦书院、成都弘文书局等民间文化组织，也纷纷组织了纪念活动。北京、西安、珠海、银川、长沙、武汉、成都、太原、龙口、佛山、海口、昆明、南昌、新余等城市都不约而同地发起了“铁生之夜”烛光追思会，全国近20座城市、来自不同领域的人们，在铁生走的“头七”当夜，同时点燃烛火，不约而同地聚集在一起，共同悼念这位令人敬佩的作家。

作为新时期的重要作家，史铁生一直受到各界关注。学界对史铁生的研究成果较为丰富，据中国知网数据，截至2020年5月19日，与史铁生相关的期刊论文多达1 589篇，专门研究史铁生的博士论文也不在少数。不同学者从不同角度对史铁生进行了深入细致的研究。这些论文分别从创作主题及精神历程、文学观念及价值、哲学思考及宗教意识、文本内容及形式等方面进行研究；还有不少文章运用比较研究的方法，将史铁生同鲁迅、梁晓声、张承志、张炜、北村等作家及流派进行比较研究。其中，胡山林的研究成果较为突出，发表的史铁生研究论文多达24篇，多集中于对史铁生作品创作主题及宗教精神的探究，他的史铁生研究视野是比较宽广的；石杰是较早关注到史铁生的学者，主要研究史铁生小说中的宗教精神和艺术手法；张路黎多探究史铁生作品的文体意识和哲思意象；张建波主要从史铁生的创作母题和审美精神方面进行研究，其著作《逆游的行魂——史铁生论》从作家、作品、读者与社会文化等角度解读史铁生；李德南是近来比较活跃的青年评论家，他在《生命的亲证——论史铁生的宗教信仰问题》一文中对史铁生的宗教信仰问题进行了进一步的梳理……

不仅国内学者关注史铁生，国外一些学者也关注到了史铁生其人其文。自上世纪80年代起，史铁生的作品就被翻译成英、法、日等文字，不断被译介到国外。1987年，日本德间书店出版了由柏杨主编的《史铁生——现代中国文学选集》，其中第二卷为史铁生卷，收录了《命若琴弦》《关于詹牧师的报告文学》《足球》《我的遥远的清平湾》《奶奶的星星》《午餐半小时》。日本“中国当代文学研究会”出版的《中国新时期文学日译一览》一书则收录了1976年到2007年间在日本出版的所有中国现当代文学作品，据统计，在该书所收录的2 652部现当代作品中，史铁生的作品有25部被翻译成日文，在486名作家中名列第五；该研究会翻译的刊物《季刊·中国现代小说》中介绍最多的也是史铁生的作品。除了日本，史铁生的作品在美国及欧洲也有一定的影响力，多部作品被译为日、英、法、德等文字在海外出版。

史铁生是一位有思想、有追求、有境界的作家。他的离去，是我国文学、思想界的一个巨大损失。他的作品不断被重读、被改编、被再版，他的纪念活动在全国各地一次次地举办，他的生日每一年都被那么多读者所铭记，足以说明了他的价值。随着时间的推移，史铁生的思想及精神对于目前我国社会精神层面建设的重要意义愈发显现出来。

作为一位思想型作家，史铁生称得上是当代中国文坛一个标杆性的存在。在他去世后的这段时间里，“史铁生热”的浪潮更是一浪高过一浪；而随着纪念、缅怀活动的持续进行，“史铁生读书热”“史铁生作品热”“史铁生研究热”“史铁生作品改编热”“史铁生传记热”的风潮也一波高过一波。这位离开了我们近十年的作家非但没有淡出人们的视线，反而愈发引人关注，读者对他作品的热情似乎也从未降温。如此难得的现象不仅是史铁生的幸运，也是读者的幸运，更是中国文坛的幸运。

实际上，越是经典的文学，在大众当中其实越发没有市场。在网络文学、快餐文学、草根文学日益发达的今天，诸如《战争与和平》《悲惨世界》《静静的顿河》《欧也妮·葛朗台》《钢铁是怎样炼成的》这类的经典名著反而很少有人能够认真读完，市场上到处都是迎合大众口味的玄幻仙侠小说、青春恋爱小说、悬疑探险小说；尤其是青少年读者，往往更容易被扣人心弦的故事、险象环生的情节所吸引，能够认认真真坐下来耐心读完一部名著的寥寥无几，更没有人愿意去思索人生价值这样的高深话题。然而，没有市场，就不是经典了吗？答案自然是否定的。经典永远是经典，就像世界第一高峰珠穆朗玛峰，巍峨耸立，能攀上顶峰的只有少数探险家和登山爱好者，但它永远都是世界第一高峰。那么，史铁生的作品在读者当中很受欢迎，就不是经典了吗？答案也是否定的。史铁生的特殊之处就在于，他的作品既是经典的，也是大众的。

其实，了解史铁生的读者不难发现，除了《秋天的怀念》《合欢树》《奶奶的星星》这几篇较为通俗的作品外，实际上史铁生的作品是比较艰深晦涩的，尤其在他后期的创作中，很多作品的思想已经相当深邃，达到了哲学的高度，甚至给人读不懂的感觉，是典型的纯文学作品，而非通俗文学。他的作品明显分为两个时期：前期从开始创作到1983年发表《我的遥远的清平湾》，题材大多是知青生活以及残疾后的回忆，风格清新温暖，感人至深；后期则逐渐转为哲思型，题材大多为哲学思考和人生感悟，风格多变，无论从内容还是从形式来看，都较为独特，富有明显的史铁生的特色。史铁生之所以被广大读者深深喜爱，与他的名篇《我与地坛》《奶奶的星星》《我的遥远的清平湾》等脍炙人口的作品有着密切的关系，也与选入中学课本的《秋天的怀念》《合欢树》息息相关。他是我们精神旅程的领路人。在许多青少年读者以及残疾朋友的眼中，史铁生就如一道温暖的烛光，用他微弱的光芒给黑暗中赶路的人带来光明。无疑，史铁生的思想和精神具有更现实的深刻意义，这也是人们无法忘记他的深层原因。人们发自内心地热爱他，抑制不住地想念他，更不由自主地读他的作品，循环往复，他的作品陪伴我们走过人生中一道道坎坷。

【经典品读】

永　在

我一直要活到我能够
坦然赴死，你能够
坦然送我离开，此前
死与你我毫不相干。

此前，死不过是一个谣言
北风呼号，老树被
拦腰折断，是童话中的
情节，或永生的一个瞬间。

我一直要活到我能够
入死而观，你能够
听我在死之言，此后
死与你我毫不相干。

此后，死不过是一次迁徙
永恒复返，现在被

未来替换，是度过中的
音符，或永在的一个回旋。

我一直要活到我能够
历数前生，你能够
与我一同笑看，所以
死与你我从不相干。

（史铁生．永在//史铁生作品全编：第9卷．北京：人民文学出版社，2017:237-238.）

每年，纪念史铁生的活动都在各地持续不断地举办，他的读者当中有白发苍苍的老者，有尚未成年的孩子，有朝气蓬勃的文学爱好者，有遭遇不幸的残疾朋友，有身处逆境的普通工人，也有事业有成的专家学者。在互动交流活动中，现场的发言十分踊跃。尤其是“80后”“90后”的年轻读者们，一个个争先恐后抢着发言，非常激动地表示，史铁生是他们崇拜与追随的精神偶像；史铁生的作品使他们开阔了眼界，走出了小我，开始重新思索人生的价值与定义。几乎各行各业，男女老少，都或多或少能在史铁生的作品中找寻到共鸣。史铁生既是小众的，又是大众的。这是史铁生的魅力，也是文学的魅力，更是生命的魅力。

每年，关于史铁生的学术研讨会议、读书会、访谈会也在各地紧锣密鼓地进行着。2011年1月4日，由中国作家协会举办的以缅怀为主题的“史铁生文学创作研讨会”在中国现代文学馆召开。中国作家协会书记处书记李敬泽主持了会议，中国作协主席铁凝、中国残联主席张海迪、中国作协副主席高洪波、中国作协创作研究部主任胡平、中宣部文艺局副巡视员梁鸿鹰等人均出席了此次规格颇高的研讨会。

2012年8月4日下午，朝阳区东大桥路世贸天阶时尚廊书店举办了“重逢史铁生——《生命——民间记忆史铁生》作者、编者、读者恳谈会”，现场人头攒动、座无虚席。出席座谈会的嘉宾有史铁生生前好友孙立哲，资深媒体人解玺璋，中国人民大学文学院院长孙郁教授，原工人日报社资深编辑、作家岳建一等。他们分别对史铁生及其作品的意义作了深情的回忆与精彩的阐释。到场的有史铁生的亲人、朋友、读者、研究者，还有不少青年朋友。中央电视台、北京电视台、《北京青年报》等多家国内知名媒体记者也闻讯来到了现场，对这场原计划低调举办的“微型”读书座谈研讨会进行了专题报道。这场以深入探讨史铁生精神世界和人生价值观为主题的读书座谈研讨会，吸引了大批踊跃前来的读者人群。令人欣喜与意外的是，现场除了文学界的一些作家学者，史铁生的同学好友、下乡插队的“插友”和北京知青网的许多知青朋友外，还有许多从四面八方急切赶来的年轻读者。其中，还有许多是在校读书的大学生、中学生。可以说，史铁生本人及其文学作品的影响，已广泛覆盖深入到了各个不同年龄层次的人群中。这无疑是一个令人振奋的现象。

2014年10月，“史铁生的精神世界与文学创作研讨会”在延安大学召开。会上，各位专家学者与延安大学的师生们一起，用文学与交流的方式，“与铁生同在清平湾”。文化学者王克明、作家柳青和作家查建英担任主持，海南省作协主席、作家韩少功，北京大学哲学系何怀宏教授，中国人民大学文学院院长孙郁教授，延安文化名人曹谷溪，中国社会科学院文学研究所教授、文学评论家李建军，文学评论家胡山林，以及史铁生生前好友刘瑞虎，邻居王耀平等近80名文化学者、作家齐聚，在交流与发言中对史铁生的文学与人生进行剖析。

不光在学界、在高校，史铁生的作品在中小学教学中也占有重要地位。他的作品多次被选入中小学教材，多少年来经久不衰，深受学生喜爱，感染了一代又一代人。2015年1月3日，“写作之夜”丛书编委会的成员岳建一，知名文化学者解玺璋，史铁生的读者、家人、朋友，以及来自北京四中、清华大学附属中学、北京师范大学附属中学的师生们齐聚在北师大二附中学术报告厅，举办了“重逢史铁生2015——史铁生作品教学研讨会”。研讨会以“爱你，想你，读你”为主题，共同讨论史铁生的作品，以文字为桥梁，在文学的世界里重逢史铁生、问候史铁生。现场的讨论十分热烈，同学们一个个热情满满，听得十分入神。

由于自己是残疾人，深深了解残疾人的精神现状，史铁生生前常说，希望爱好文学的残疾朋友们团结起来，成立一个文学社，实现自己的文学梦想。在他去世后，这一畅想得到了北京爱好文学的残疾朋友的积极响应，也得到了北京市作家协会、北京市残联和各级残联的大力支持；同时，来自社会各界的人士也给予了极大的扶持和帮助。2015年1月4日，由北京市生命阳光心理健康指导中心主任曹雁发起、北京爱好文学的残疾朋友共同参与的“生命阳光文学社”在北京市残疾人活动中心正式成立，北京市作协副主席兼秘书长王升山担任文学社名誉社长，京味儿作家刘一达担任社长。现场还同时举办了“怀念史铁生”朗诵活动，人们一起以朗诵《我与地坛》等经典作品的形式纪念这位已故作家。令人感动的是，除了史铁生的生前好友，多位表演艺术家、播音艺术家、作家外，还有百余位残疾人文学爱好者也来到了现场，他们冒着严寒，克服行动的不便，共同见证了这个值得纪念的时刻。文学社成立后，秉承了史铁生以生命书写生命的创作态度，成员们积极勤奋地创作、学习，开展了一系列卓有成效的活动，取得了令人欣慰的成果。文学社成员、盲人作家张骥良于2015年8月出版了自传体长篇小说《骥行千里》；同年，北京市残疾人自强模范张莉出版了《残花亦俏》。另外，刘维嘉出版了散文集《运河畔抒怀》。文学社的其他成员也积极在多家全国性或地方性的报刊上发表作品。这些作品继承了史铁生热爱生命、坚强乐观的精神，洋溢着浓浓的生活气息，散发着蓬勃的生命力。史铁生多年的心愿终于开出了美丽的花朵。

2015年9月20日，史铁生的母校在清华大学大礼堂举办了清华附中百年校庆系列活动，借此机会隆重举办了以“命运·文学·生命——百年校庆忆铁生”为主题的纪念活动。清华大学校领导、清华大学附属中学领导以及在校师生、校友等900余人参与了活动，共同追忆这位感动了中国几代人的校友。

2015年12月18日，由中译出版社（原中国对外翻译出版有限公司）、“写作之夜”丛书编委会联合主办的“你依然在我——缅怀史铁生暨《延川插队往事》《赤脚医生往事》首发式”在北京举行。首都新闻出版界等各界喜爱史铁生的读者朋友，史铁生的亲友，著名作家、学者岳建一、甘铁生、陶正、孙郁、何怀宏、陈徒手，电视策划人陈镭，电影导演李杨，诗人食指、邵燕祥，知青题材画家、《延川插队往事》主编邢仪，北京赴陕北延川县插队知青赤脚医生代表孙立哲及媒体朋友共100余人参加了活动。

2016年1月9日，由北京市残联主办的“纪念史铁生诞辰65周年暨庆祝北京市生命阳光文学社成立1周年优秀作家经典作品分享朗诵会”在北京举行。活动现场，原中央人民广播电台著名播音员葛兰、原北京人民艺术剧院著名老艺术家许达、原国家话剧院著名老艺术家冯福生、新疆昌吉州玉文化协会会长赵晓萍和几位优秀的残疾人文学作家共同朗诵了史铁生的经典作品。北京市作协的作家、史铁生的生前好友、史铁生的妹妹史岚女士和北京市残疾人文学爱好者100多人参加了活动。

2017年10月26日至31日，“天天副刊”组织了陕北青睐人文游活动，寻访作家史铁生插队的村庄和作家路遥的故居、墓地。12月31日，由“写作之夜”丛书编委会、“天天副刊”编辑部、北京青年报社副刊部联合主办的“史铁生逝世七周年纪念会暨贺《史铁生全集》出版”活动在北京青年报大厦举办。本次活动纪念主题是新版《史铁生全集》研讨、史铁生与电影等。史铁生的老朋友们纷纷讲述了他们与史铁生的相处点滴。三个多小时的纪念活动内容丰富。参加纪念活动的有史铁生的亲人、当年一起插队的朋友、清华附中的师生代表们、与史铁生有过难忘交集的友人，其中不乏诗人邵燕祥、食指，外国文学专家叶廷芳，编辑家岳建一，哲学教授何怀宏等文化名人。诗人食指朗诵起自己创作的两首诗，同样在陕北插过队的王克明唱起史铁生喜欢的陕北民歌，清华校友剧艺社导演刘明诵读了史铁生的散文《合欢树》……大家一起朗诵、歌唱，讲述过往，追怀史铁生。

2018年1月4日，是史铁生诞辰67周年之日，史铁生的妹妹史岚，史铁生生前好友王克明、庞沄、王耀平等齐聚北京青年报大厦，《北京青年报》第62期青睐讲座和“写作之夜”丛书编委会联合举办的史铁生诞辰纪念活动在此召开。此次活动中，举办方还特别邀请了著名学者邓晓芒教授做了题为《史铁生的哲学》的演讲。尽管当天并非周末，但人们的热情依旧，能容纳100多人的会议室在开场前就早已爆满，两位残疾人朋友摇着轮椅慕名而来，连室内狭小的过道上都密密地摆放着临时增加的座椅。没有座位的参与者也并未因没有位置而离去，坚持站着听完了将近三个小时的讲座。年近七旬的邓晓芒教授拿着厚厚的讲稿，全程站着为读者们演讲，以表达对史铁生以及读者们的尊重。演讲当中，每个人都听得那样入神，不断有读者提出问题，大家还就问题展开了热烈的讨论。社会对史铁生遗留下来的巨大精神财富的认识越来越深入普及，这不能不说是一个令人备受鼓舞和极其振奋的现象。这是作家之幸，也是读者之幸，更是社会之幸。2019年10月，在史铁生的母校——清华附中104周年校庆纪念日上，由清华附中向东佳老师担任编剧和导演、清华附中学生担任演员的原创话剧《史铁生》首次与大家见面。2019年12月14日，该话剧的结尾部分在北京人艺菊隐剧场上演，广受好评。2019年12月20日，以“追铁生心志，传独立精神”为主题的2019史铁生纪念会在清华附中报告厅举办，会上再次展演了话剧《史铁生》。到场参与纪念活动的除了史铁生的亲朋好友外，还有“写作之夜”丛书编委和喜爱史铁生的读者们，整场活动进行了全程现场直播，反响强烈。观演活动结束后，嘉宾们纷纷从多个角度畅谈了自己对于史铁生作品的理解，有的谈到了对话剧《史铁生》的观看心得，还有的深情回忆了与史铁生相处的点滴小事，多年研究史铁生的青年学者顾林将新著《救赎的可能——走近史铁生》捐赠给清华附中图书馆。整个活动在献给史铁生的深情话语中圆满结束。

2020年1月4日是史铁生诞辰69周年纪念日，人民文学出版社与中广联合会有声阅读委员会共同举办了一场名为“想念的季节”的纪念朗诵会。朗诵名家于芳、李野墨、张宏、白钢、郑博、晏积瑄，青年学者顾林、人民文学出版社资深编辑杨柳等在现场和读者一起重温了史铁生的代表名篇。当晚，位于地坛公园东门附近的雍和书庭中，也正在举办着一场以“回到地坛”为主题的史铁生纪念会，书店原本不大的空间里挤满了自发前来的读者，大家齐聚地坛，共同怀念史铁生。

每年，史铁生的亲友们、各地的文学爱好者们总会自发地聚集起来，以各种方式来为史铁生庆祝生日。一次次的追忆活动的背后，是人们的不舍与思念。令人欣慰的是，正如史铁生在诗中所期待的那样，追忆活动总是在欢声笑语中进行，没有悼词、挽联、黑纱和花篮，没有沉闷、肃穆的氛围，跳出喧嚣、压抑、谜语和幻影，现场的一切都是那样温馨、和谐，铁生与众人再次因爱而重逢。

让“死”活下去

在人们的心中，史铁生虽然走了，但从未真正离开。他的故事仍在上演，他的读者依然活跃在当今社会的各个角落，他的精神仍然激励着困境中的你我他。他在世时，每一天都在向死而生；他离开后，也真正实现了虽死犹生。让“死”活下去，是我们对他最好的希冀，也是众多爱他之人的美好祝福。

《让“死”活下去》，是史铁生妻子陈希米女士在史铁生去世后所著的回忆录，2013年由湖南文艺出版社正式出版。作者采用了第二人称的口吻，用深情的对话式文字，表达了对史铁生的无限怀念，情书般的恋人絮语堪称最温暖的告白。书名饱含深意，极好地概括了史铁生的生平和精神世界。他生前几乎是被上帝判了死刑，但残疾的躯体没有压垮他，他在半死的躯体上活出了生的精彩。如今，他不在了，但他并没有死去，他必将长长久久地活在读者心中。正如赵泽华所说：他的身体如同炼狱，但他的灵魂光明如天堂。

史铁生走后，涌现出大量的怀念文章。2011年4月，由林建法主编的《永远的史铁生》出版，书中收录了张新颖、祝勇、陈村、麦家、王安忆、陈思和、徐晓、郑光昭、黄敏兰、孔见、魏小安等人的追思文章。史铁生的终身挚友孙立哲和同学、朋友们，自发组成了“写作之夜”丛书编委会，共同搜集、回忆史铁生过往的点点滴滴，深入挖掘和宣传史铁生的精神世界。2012年6月，中国对外翻译出版有限公司出版了由“写作之夜”丛书编委会编辑的第一部史铁生纪念文集《生命——民间记忆史铁生》。这本书里收录了回忆史铁生的文章46篇，其中穿插了大量真实的史料和照片，有不少还是首次和读者见面，堪称史铁生研究的珍贵素材。作者当中，有史铁生的妹妹史岚、堂弟史铁桥，有史铁生的同学刘愉、张铁良，有与史铁生一起插过队的朋友邢仪，有看护过史铁生的医生柏晓莉，有和史铁生打过交道的编辑穆中华，有史铁生的邻居李燕琨，还有作家王安忆、周国平、刘索拉、陈建功、甘铁生、张海迪，以及文艺评论家解玺璋……40多位亲朋好友同心协力，用他们真实的回忆，讲述了史铁生苦难又丰富的一生，让读者再次领略史铁生的生命轨迹和丰富的精神世界。此书一经出版，立即在国内引起了社会各界的广泛关注。以孙立哲为主任的“写作之夜”丛书编委会，随即又推出了系列文集，以期更为全面地介绍史铁生的思想及精神世界。其中，胡山林2014年出版的《极地之思——史铁生作品解读》便是其中较为厚重的一部。

史铁生的作品被一次次地再版、重编，有关他的故事一遍遍地被人想起，他的文字一次次地被纳入中小学必读经典当中。2013年，由“写作之夜”丛书编委会推出的《史铁生说》，分主题收录了史铁生作品中的经典话语；2011年上海人民出版社出版的《一个人的记忆》、2016年百花洲文艺出版社出版的《自由的夜行》和2018年人民文学出版社出版的《我或者“我”》，均是优秀的史铁生作品选集；2017年，人民文学出版社推出了《史铁生作品全编》，全书共十卷，是迄今为止最全面的史铁生作品集。

除了作品，史铁生其人其事在大众当中的普及度也越来越高。近年来，史铁生传记热也称得上一个令人瞩目的现象。仅2018年一年出版的史铁生传记就有好几部，例如河南文艺出版社出版的《史铁生评传》，作者是武汉大学叶立文教授；陕西师范大学出版社出版的《史铁生传——从炼狱到天堂》，作者是赵泽华。关于史铁生的研究也赫然出现在了国家社科基金项目的目录名单中。

值得一提的是，一直以来，史铁生的作品以各种形式活跃在舞台上。史铁生自己还参与了不少作品的改编。1987年，史铁生参与拍摄了由林洪桐导演的同名电影《死神与少女》，该片获得了业界的好评，并获第十三届瓦尔那国际电影节荣誉奖；根据史铁生的小说《多梦时节》改编的同名电影获第九届金鸡奖最佳儿童故事片奖；1991年，史铁生参与拍摄了陈凯歌导演的《边走边唱》，这部电影改编自小说《命若琴弦》，被视为第五代电影的落幕之作。1998年，根据其小说《命若琴弦》改编的独幕歌剧在欧洲首演时便获得极大成功。全剧用极具民族特色的四川方言演出，由旅美歌唱家龚冬健任主唱，在欧洲各大艺术节上演30余场。尽管没有设置英文字幕，观众们在观看完表演后仍纷纷表示看懂了剧作的内容，深受感染。英国《伦敦时报》评价演出是“一次完美的、令人神魂颠倒的艺术体验”。法国《费加罗报》称这是“令人迷醉的美，伟大的一个小时”。

史铁生去世后，他的作品仍然不断被挖掘、被翻拍，近年来也有着升温的趋势。2011年5月，由史铁生长篇小说《务虚笔记》改编的北京人艺首部制作人制话剧《爱情的印象》正式与观众见面，周韵、祖峰等主创人员带着对史铁生的崇高敬意，再次将史铁生的作品搬上了舞台。2011年，距首演过后13年，歌剧《命若琴弦》再一次和观众见面，此次由著名导演林兆华改编，11月至12月分别在首都剧场和天津音乐厅上演。该剧演出形式较为特别，仍然采用了民间气息浓郁且极具音乐性的四川方言演唱，由金牌作曲人瞿小松编曲并任指挥；龚冬健再次担任主唱，他一人饰几角，浑厚深沉的嗓音让观众听得如痴如醉。2013年7月2日，在第四届北京南锣鼓巷戏剧节上，由中央人民广播电台青年话剧社带来的话剧作品《命若琴弦》引爆了蓬蒿剧场的观演气氛，受到现场观众的高度赞扬。剧中的演员基本上都是非科班出身，都是来自《中国之声》、《音乐之声》、《文艺之声》、综艺节目中心的多位主持人、编辑、记者等。据了解，参演的演员们希望通过亲身参与，感悟优秀文学作品所传达出来的正能量，以戏剧表演的形式，鼓励、引导青少年树立远大理想，坚定精神信念。

如今，史铁生仍然在人们的关注中走出国门、走向世界。波兰剧作家、欧洲戏剧教父克里斯蒂安·陆帕的首部中国作品《酗酒者莫非》便是改编自史铁生的小说《关于一部以电影作舞台背景的戏剧之设想》，讲述了醉汉A在梦境、幻境和现实之间的交织不清的混沌状态。2017年6月，这部戏在天津、上海进行了两轮首演，反响强烈，也引发了不少争议。在众多的争议中，讨论最激烈的便是陆帕是否“背叛”了史铁生。史铁生曾在小说开篇郑重声明：“不要改动这剧名，更不要更换，也不要更换之后而把现有的剧名变作副标题。现在的剧名是唯一恰当的剧名，为了纪念已故的酗酒者A，这剧名是再完美不过了。”[1]然而，陆帕不仅改变了小说的名字，还把它搬上了舞台。小说中的酗酒者A本是个四肢健全的人，在剧中却坐上了轮

① 史铁生．关于一部以电影作舞台背景的戏剧之设想 // 史铁生作品全编：第 5 卷．北京：人民文学出版社，2017：213.

椅，他的名字改为了“莫非”，与史铁生小说《原罪·宿命》中的主人公同名。莫非与母亲的母子情片段，有着明显的《我与地坛》和《合欢树》的痕迹。原作中三个跳舞的女孩，化为了三位优雅美丽的古希腊女神。陆帕与中国作家、艺术家的首次合作显得很有勇气，也非常有眼光。他选择了史铁生先锋意味颇为浓郁的中篇小说《关于一部以电影作舞台背景的戏剧之设想》为蓝本进行改编，演出时间长达4个多小时。

史铁生曾经说过，这部小说几乎不可能被改编成剧本。熟悉史铁生的读者都知道，这篇小说并不是那么好懂，叙事形式也很独特，几乎完全以主人公的独白贯穿全文，主角只有酗酒的男主角A一个人。但陆帕却为舞台加入了更多角色，例如外国女记者等。用他的话来说，要在剧中安排一个外来者的视角，将“外国人眼中的史铁生”合理化。在史铁生的作品序列中，《关于一部以电影作舞台背景的戏剧之设想》并不是特别引人注目，却能受到来自异国他乡的导演的青睐，被用现代主义的手法搬上了舞台，不难说明史铁生的超前性和先锋性。那么，为何陆帕会选择这样一部冷门的小说呢？究竟是作品的什么打动了他呢？

原来，陆帕在年轻时候也经历过一段迷茫堕落的日子，那一段人生当中的灰暗时刻与史铁生的作品形成了强烈的共鸣，深深震撼了他。在创作阶段，陆帕阅读了史铁生的许多作品，尽管语言不通，但其中所蕴含的对于命运的执着、对于人生意义的思考却是相同的。在阅读中，他渐渐深化了对史铁生的理解。观众则通过舞台上的演出更加读懂了陆帕。整部剧那令人窒息的独白气氛、静谧的思索与争论、缓慢压抑的动作，让人看到了梅特林克、契诃夫、贝克特的影子。正是这样一部小说，让来自两种不同文化背景的人找到了情感的共鸣，并且用艺术的形式连接起来，这恰恰说明了情感和真诚是艺术创作的必要条件，让这部触动人心的作品，在茫茫的文学大河中大浪淘沙，在大洋的彼岸找到了知音，也让史铁生的作品在当代、在异国，重新焕发出夺目的光芒。这是史铁生带给我们的惊喜，也是他留给所有读者的财富。

史铁生逝世后，他的后事也备受关注。在海口追思会上，《天涯》杂志社发起了《关于在北京地坛公园塑造史铁生铜像》的倡议书，主张由全国作家与读者自愿捐款，在地坛公园建造一座铜质史铁生扶轮远眺的雕像，以供所有思念他的人瞻仰、凭吊。这封倡议书汇集了全国100多位作家签名，并由《天涯》杂志社递交到了中国作协主席铁凝手上。2011年5月3日，《北京日报》编辑彭俐在《北京日报》上发表了《请为史铁生立一铜像》一文。也有读者提议应当将史铁生的骨灰安葬在地坛公园内。不过，这些提议均遭到了地坛管理部门的拒绝，原因是不符合文物保护规定。此事引发了网友热议。赞成者认为，史铁生赋予了地坛新的意义，理应长眠于此；反对者则认为，地坛是公园，更是保留有大量古迹的景区，而非私人“公墓”，安葬与塑像均有损历史原貌。

对于安葬一事，史铁生夫人陈希米也有自己的执着：“我想把你的骨灰埋在地坛。没有碑，也没有墓志铭，没有痕迹，也不要什么人知道。那些大树，一直就这样坦然和安静，这样从容地走过无数个酷暑和寒冬，目睹人间的灿烈和无知。它们会活很久很久，几乎会永远活下去。它们或许不懂得什么是生，它们不知道你已经死了，它们只顾自己慢慢地活着；也或许它们什么都知道，只是认为什么都不必说出来。对人间发生的一切，它们从来不动声色。它们只是默默地和你在一起，永远在一起。你肯定喜欢这样的方式，真正的朋友的方式。”①好友王安忆曾从日本带回一个精致的小盒子送给史铁生夫妇，陈希米将史铁生的骨灰取出一小部分，放在那个小盒子中，随身携带。如史铁生期待的那样，“我们说好的，我们不要墓地。你说过的，只要想到你，无论在何处，就都是你的墓地，你就在那儿，在每一处，在我们想你的地方”②。对作家最好的告慰，便是去读他的作品。我们相信，每一位到地坛的人，只要读过史铁生的文章，一定会想起他：这里的每一寸土地都留下了他的

① 陈希米．让“死”活下去．长沙：湖南文艺出版社，2013：15-16.
② 同① 20.

车辙，这里的一草一木都聆听过他的叹息。真正的纪念不需要提醒，任何夸张的形式都显得多余。轻轻地，他走了，正如他轻轻地来，不需要更多的仪式，他就在我们心里，他已然融入地坛。

史铁生的创作贯穿了新时期文学近40年。他始终秉持着文学的崇高信念和理想，执着地探求着人类的生存境遇和道德疑难，用心灵的高贵和生命的尊严向命运叩开一扇门，扶轮问路，向死而生。史铁生虽然已经离开了我们，但他依然在与读者、与观众进行着对话，这种对话是永恒的，不因时间的流逝而褪色。人只要活着，就会有欲望，就会有痛苦，一旦你想弄清楚这些问题的时候，不妨去读读史铁生。

2013年9月4日，曾有一则题为“人教版语文教材送走鲁迅迎来史铁生”的新闻，成为网络议论的焦点。据了解，新修订的人教版七年级语文教材中共有9篇做了更换，其中最为引人注目的便是“亲情单元”中鲁迅的《风筝》被史铁生的《秋天的怀念》代替。对此，支持者认为：新教材的删改符合中学生的阅读水平和需求，更加鲜活、生动、有趣味；鲁迅的作品过于深奥，过早地让孩子们接触其实并不能达到良好的启蒙效果，应精心选择合适的作品引导学生阅读。但也有人认为，教材不应该回避鲁迅，鲁迅的文章恰恰是最接地气的，况且鲁迅在中国现当代文学史上的地位也是无可争议的，将其作品撤出教材实在不是明智之举。对于教材改革，我们毕竟不是专家，但无论如何，从史铁生“接班”鲁迅这一点来看，已经说明了大众审美的偏移和读者反馈的重要性，而这些，都足以证明史铁生的价值。当然，由于时代的不同、人生经历的不同，两位作家思想和创作特色各有千秋，我们不能否认鲁迅的地位，同样也不应当忽视史铁生的存在。

在韩少功眼中，史铁生是当代中国最令人敬佩的作家之一，他的写作与他的生命完全同构在了一起。在自己的“写作之夜”，史铁生用残缺的身体，道出了最为健全而丰满的思想。他体验到的是生命的苦难，表达出的却是存在的明朗和欢乐。他睿智的言辞，照亮的反而是我们日益幽暗的内心。作家周国平感叹道：“据我所见，史铁生可能是中国当代最具自发哲学气质的小说家。身处人生的困境，他一直在发问，问生命的意义，问上帝的意图。对终极的发问构成了他与世界的根本关系，也构成了他写作的发源和方向。”①

史铁生作为思想型作家，思想力度和批判意识是其作品鲜亮的底色。他在很大程度上是一个异类，跳出了主流文学写作的时代主题，执着地追问着属于全人类的难题，超越了自己，超越了怨恨，和同时代作家保持了恰到好处的疏离。当先

---

① 周国平．各自的朝圣路．北京：东方出版社，1999：97.

锋作家们集体转向“形式的探索”、注重作品叙述方式的实验、作品的思想深度相对削弱时，史铁生难能可贵地保持了清醒的认知，没有被形式化的大潮淹没自我，执着地追求作品的批判深度，他的文字与同时代乃至整个现当代文学作家都不同，具有别人无法替代的价值，这也是我们今天仍然在读史铁生的重要原因。他坐在轮椅上那么多年，却比很多能够站立的人看得更高；他不能走太远的路，却比很多游走四方的人有着更广阔的心。他和文学相互拯救、相互温暖，他的诚实、深思，他对文学、对生命的敬畏和虔诚，彰显了文学和生命的价值与意义。

读史铁生的文章，透过他的眼光观察世界，借助他的语言体味悲喜，跟随他的哲思进行思维跋涉，如此须臾，便会由文忆及铁生此人，心中的感触油然而发。他所经历的时代淘洗、命运起伏，今天的读者已经很难历其万一，然而他日渐丰厚的内心力量、坚强勇敢的精神人格却能跨越时代的阻隔，触动你我。正如铁凝说的那样：“有的作家永远不会离去。他的精神流淌在时代的血脉深处，在历史生生不息的创造中永生。铁生就是这样的作家，他始终与我们同在，一起见证这个时代的浩渺与辉煌，见证文学的光荣与梦想。”他真正实现了让“死”活下去。

无论是未曾走远的史铁生，还是备受争议的史铁生，都反映出人们对他的深切怀念。正因为关注，才会有那么多的争论、那么多不同的声音。人们关注他，不光是怀念一位可亲可敬的作家，更是在向一种精神致敬、向一种人格致敬。史铁生以他沉痛深刻的生命体验、勇于追问的探索精神、细腻深邃的笔法、浪漫雄浑的想象，开拓出了属于自己的文学世界。尽管相比莫言、余华等作家，史铁生的影响力还远远不及，但是，我们有理由相信，在未来，他的价值必将会被更多人看到。我们期待着，或许有一天，他会成为中国的保尔·柯察金、中国的海伦·凯勒；他的地坛，也会和莫言的高密东北乡一样，被更多的读者知晓，走向世界，走向未来。

亲爱的史铁生，

愿你来生，交好运。

【我来品说】

1. 在你看来，史铁生的经典价值在于什么？

2. 有人说，史铁生是一位“不可以被拿来励志”的作家？你同意这一说法吗？

3. 你看过史铁生的作品或者作品改编的话剧吗？如果给你一次机会，你想对他说些什么？

图书在版编目（CIP）数据

扶轮问路 ：今天如何读史铁生 / 乔宇著. -- 北京 ：
中国人民大学出版社，2021.3

（今天如何读经典 / 刘勇，李春雨主编）

ISBN 978-7-300-29024-9

Ⅰ. ①扶… Ⅱ. ①乔… Ⅲ. ①史铁生（1951-2010）
-文学研究 Ⅳ. ①I206.7

中国版本图书馆CIP数据核字（2021）第034197号

今天如何读经典
刘　勇　李春雨　主编
扶轮问路：今天如何读史铁生
乔　宇　著
Fulun Wenlu: Jintian Ruhe Du Shi Tiesheng

出版发行	中国人民大学出版社		
社　　址	北京中关村大街31号	**邮政编码**	100080
电　　话	010-62511242（总编室）		010-62511770（质管部）
	010-82501766（邮购部）		010-62514148（门市部）
	010-62515195（发行公司）		010-62515275（盗版举报）
网　　址	http：//www.crup.com.cn		
经　　销	新华书店		
印　　刷	天津中印联印务有限公司		
规　　格	148mm×210mm　32开本	**版　　次**	2021年3月第1版
印　　张	6　插页1	**印　　次**	2024年9月第3次印刷
字　　数	106 000	**定　　价**	32.00元